イケカジなぼくら⑪

夢《ゆめ》と涙《なみだ》のリメイクドレス

川崎美羽《かわさきみう》・作
an《あん》・絵

角川つばさ文庫

目次《もくじ》

人物《じんぶつ》紹介《しょうかい》

立川《たちかわ》葵《あおい》

山ノ上学園中等部《やまのうえがくえんちゅうとうぶ》2年生《ねんせい》。
モデルをめざすオシャレっ娘《こ》。
かわいいのに、ガサツ&《アンド》
不器用《ぶきよう》で「残念《ざんねん》ガール」と
呼《よ》ばれている。

桜庭涼太《さくらばりょうた》

無口《むくち》なイケメン転校生《てんこうせい》。
秀才《しゅうさい》で運動《うんどう》もできるパーフェクト男子《だんし》。
将来《しょうらい》の夢《ゆめ》はフランス料理《りょうり》のシェフ。

井上一弥《いのうえかずや》

アオイの幼《おさな》なじみ。チャラそうに
見《み》えるけど、プロカメラマンとし
て歩《あゆ》みだしている。

上永瀬小夜《かみながせさよ》

アオイの親友《しんゆう》。
読書家《どくしょか》でオタクだが、
ひそかに作家《さっか》を目指《めざ》している。

田口真琴《たぐちまこと》

アオイの親友《しんゆう》。
陸上部《りくじょうぶ》のエースで、
アオイのツッコミ役《やく》。

宮城《みやぎ》 忍《しのぶ》

特進《とくしん》クラスの秀才《しゅうさい》。
服飾《ふくしょく》デザイナーを
夢見《ゆめみ》ている。

市村大悟《いちむらだいご》

アオイのクラスメイトで、
バスケ部員《ぶいん》。アオイと
一緒《いっしょ》に学級委員《がっきゅういいん》をしている。

平田知之《ひらたともゆき》

山ノ上学園《やまのうえがくえん》の新生徒会長《しんせいとかいちょう》。
イケカジ部《ぶ》に
一定《いってい》の理解《りかい》を示《しめ》す。

結縄文代《ゆいなわふみよ》

山ノ上学園《やまのうえがくえん》の
元生徒会書記《もとせいとかいしょき》。
イケカジ部《ぶ》に厳《きび》しい。

阿部玲央《あべれお》

アオイのことが
大好《だいす》きな
1年生《ねんせい》。

阿部玲奈《あべれな》

一弥《かずや》のことが
大好《だいす》きな
1年生《ねんせい》。

天国《てんごく》のママ。
いつだったか、言《い》ったよね。
「ステキな女《おんな》の子《こ》になってね」って。
だからあたし、ママみたいな
ファッションモデルになろうって思《おも》ったんだ。

でも……ねえ、ママ。
あたし、夢《ゆめ》をあきらめてもいい?
だって、あたしはママみたいなモデルには
なれないって分《わ》かっちゃったの……。

ねえ、ママ。
あたしにガッカリした?
あたし……
どうしたら
いいんだろう……。

1　あきらめた夢《ゆめ》

「これからも、側《そば》にいてくれるかな」

耳元《みみもと》で、そんな声《こえ》がしたような気《き》がして。

ガバッ！

と跳《は》ねおきるあたし、立川葵《たちかわあおい》。

きや――――――っ！

思《おも》わず叫《さけ》びだしそう。

頭《あたま》の中《なか》で、くり返《かえ》される桜庭《さくらば》くんの声《こえ》。

桜庭《さくらば》くんから言《い》われた言葉《ことば》。

夢《ゆめ》じゃないよねって、カレンダーを見《み》て確《たし》かめる。

誕生日《たんじょうび》イヴに桜庭《さくらば》くんに言《い》われた言葉《ことば》。
……やっぱ、あれってプロポーズだよね？
いや、絶対《ぜったい》そう。
返事《へんじ》は求《もと》められなかったけど……！
頭《あたま》の中《なか》が、カ――ッと熱《ねつ》を帯《お》びる。
（朝《あさ》からこんなんじゃ、身《み》が持《も》たないよぉ……）
いつもの習慣《しゅうかん》で、鏡《かがみ》にむかって。
わ、やばっ……！
額《ひたい》の目立《めだ》つところに、ニキビ発見《はっけん》！
わわっ、すぐに手当《てあ》てしないと！
もし、お肌《はだ》に跡《あと》ができたら、モデル人生《じんせい》が…………って。
ふと、頭《あたま》の中《なか》が、冷静《れいせい》になる。
ちがうよ。
モデルの夢《ゆめ》は、あきらめたんじゃない。
モデルにならないなら、お肌《はだ》にニキビの跡《あと》があったって、かまわないんだ。

だって、ふつうの子《こ》だもん。

ニキビくらいできるよ。

自然《しぜん》に治《なお》るの待《ま》てばいいんじゃん。

「……………」

それでも、やっぱり気《き》になるあたし。

ニキビに髪《かみ》がかかって悪化《あっか》させないように、髪《かみ》を編《あ》んで、ニキビの表面《ひょうめん》に薬《くすり》をつけてから部屋《へや》を出《で》た。

自室《じしつ》から出《で》て、ダイニングにむかう。

そこには、もうパパがいて朝食《ちょうしょく》の準備《じゅんび》をしてた。

「パパ、おはよう」

「おっ、おはよう、アオイ」

「えっと……ホットミルク用意《ようい》するね」

なんだか、ぎこちない。

きっと昨晩《さくばん》のせいだ。

手《て》ばやく準備《じゅんび》されたトーストとオムレツ、それにあたしがあたためたミルクを前《まえ》に、テーブルに着《つ》いて。

「……いただきます」

「いただきます」

「…………」

パパが、こまったように、そっとあたしを見《み》てる気配《けはい》がする。

でも、なにも言《い》えないみたい。

そりゃ、そうか。

あたし……昨日《きのう》、モデルやめる宣言《せんげん》したんだもんね。

なにか言《い》いたそうだけど、なにも言《い》えないみたいなパパ。

あたしも、同《おな》じ。

昨日《きのう》の晩《ばん》、いきおいで――

「あたし、モデルになるのやめる！　やめて、桜庭《さくらば》くんといっしょに料理人《りょうりにん》になる！」

なんて、言《い》っちゃったものの。

本当《ほんとう》に、それでいいのか。

そうできるのか……なんて、すぐには決《き》められないよ。

ピンポーン

玄関《げんかん》のチャイムが鳴《な》る。

一弥《かずや》だ。

「あたし、もういくね」

「あぁ……ちょっと待《ま》って、アオイ」

呼《よ》びとめられて、ふり返《かえ》ると。

「――ハッピーバースデー」

ぎこちなく微笑《ほほえ》むパパ。

そっか、あたし、誕生日《たんじょうび》だっけ。

「ありがと……パパ」


表《おもて》に出《で》ていくと、一弥《かずや》が一瞬《いっしゅん》、目《め》をほそめた。

いつもとちがう空気《くうき》を察知《さっち》したのかも。

「おっす」

「おはよう、一弥《かずや》」

「行《い》くか」

「うん」

どうしよう、いつもならなんてことない会話《かいわ》が、できない。

昨日《きのう》の帰《かえ》り、桜庭《さくらば》くんがうちまで送《おく》ってくれたの、見《み》てたもんね。

なにか、聞《き》いてこないのかな。

でも、こっちから言《い》いだすのもヘンだし。

なにかほかに、会話《かいわ》のネタがないかな……。

なんだろ、おかしい。

ちょっと前《まえ》だったら、なにも考《かんが》えずに一弥《かずや》といっしょにいられたのに。

なにげなくしていられない……。

足取《あしど》りまで重《おも》くなってくる。

学校《がっこう》、まだかな。

遠《とお》いな……。

一弥《かずや》も同《おな》じこと、考《かんが》えてるのかな。

だったら、少《すこ》しイヤだな。

「か、一弥《かずや》は、エッセイの連載《れんさい》のほう、調子《ちょうし》どう？」

「どうって……いつもどおりだよ」

「そ、そっか」

わーん、10秒《びょう》で会話《かいわ》終了《しゅうりょう》。

「――おまえこそ、どうなんだよ」

「どうって？」

「昨日《きのう》……帰《かえ》り、遅《おそ》かっただろ」

「桜庭《さくらば》くんに送《おく》ってもらったから、平気《へいき》だよ」

「…………そっか」

一弥《かずや》が前《まえ》を見《み》たまま、黙《だま》りこむ。

なによ、そこで黙《だま》る？

どこ、行《い》ってたかとかは聞《き》かないんだ？

いつもと違《ちが》って、調子《ちょうし》くるうんだけど。

「なんかあったのか？」

「え、えっ、なにがっ!?」

わっ、ズバッと切《き》り込《こ》んできた！

勘《かん》のするどい一弥《かずや》のことだ。

ヘタなこと言《い》えない。

本当《ほんとう》は、相談《そうだん》したい。

あたしは、どうしたらいいのか。

モデルの夢《ゆめ》をあきらめるかどうか。

あとは、桜庭《さくらば》くんのプロポーズ。

あたしにとって、重要《じゅうよう》すぎる事件《じけん》。

多分《たぶん》、一番《いちばん》、的確《てきかく》にアドバイスをくれるのは一弥《かずや》だ。

だけど今《いま》、一番《いちばん》、相談《そうだん》しちゃいけない相手《あいて》も一弥《かずや》だ。

そんなの、あたしにだって分《わ》かる。


「…………」


うぅ。

なにも話《はな》せない……。

「なんかあったなら、話《はな》せよ」

一弥《かずや》が聞《き》いてくるけど。

「な、なんでも、ない……」

そのとき、どうにか校門《こうもん》が見《み》えてきて。

「あ、あたし、日直《にっちょく》だったかも！　さ、先《さき》、行《い》くねっ！」

一弥《かずや》にそう言《い》って、あたしは駆《か》けだした。

2
悩《なや》める進路調査票《しんろちょうさひょう》

残《のこ》された一弥《かずや》はアオイを見送《みおく》って、1人《ひとり》、深々《ふかぶか》とため息《いき》をついた。

「おう、どうした井上《いのうえ》！」

そんな一弥《かずや》の背中《せなか》に、元気《げんき》な声《こえ》がかかる。

「朝《あさ》から辛気《しんき》くせぇな」

ふりむくと、そこにいたのは、大内《おおうち》だった。

一弥《かずや》の顔《かお》を見《み》るなり、

「また、立川《たちかわ》のことで、気《き》ィもんでるのかよ？　懲《こ》りねえなあ」

「ほっとけよ……」

一弥《かずや》がうんざりしたように言《い》う。

「なんか、アオイの様子《ようす》が変《へん》なんだよ」

「あいつが変《へん》なのは、いつものことだろ。それとも、なんか、あったのか？」

「昨日《きのう》、多分《たぶん》……なんかあったんだ。オレの知《し》らないところで、なにかが起《お》きた。アオイ、隠《かく》しごととかできる性格《せいかく》じゃねぇから、わかるんだ」

アオイが消《き》えた校舎《こうしゃ》のほうを見《み》ながら、一弥《かずや》がつぶやく。

「……だから、心配《しんぱい》だって？　カゴの中《なか》の鳥《とり》じゃねぇんだから、全部《ぜんぶ》あいつのことを把握《はあく》するなんて無理《むり》に決《き》まってるだろ」

「だな……分《わ》かってるはずなんだけど……悪《わる》い、変《へん》な話《はなし》した」

一弥《かずや》は小《ちい》さく息《いき》を吐《つ》くと、階段《かいだん》を上《のぼ》っていった。

それを見《み》おくった大内《おおうち》が首《くび》をかしげる。

「オレ、変《へん》なこと言《い》ったかな……」


「はーい、静《しず》かにー！」

LHR《ロングホームルーム》の時間《じかん》に、前《まえ》から配《くば》られる小《ちい》さな紙《かみ》。

あたしも1枚取《まいと》って、うしろに回《まわ》す。

そこに書《か》かれていたのは『進路調査票《しんろちょうさひょう》』。

「夏休《なつやす》み前《まえ》に説明《せつめい》のプリントを配《くば》ったけど、今回《こんかい》が提出《ていしゅつ》だよ。親御《おやご》さんとしっかり相談《そうだん》して書《か》いてきてねー！　まぁ、ほとんどの子《こ》は、そのまま高等部《こうとうぶ》に上《あ》がるかもしれないけど、念《ねん》のため、全員出《ぜんいんだ》してもらうことになってるから」

カヨ先生《せんせい》の声《こえ》が、なんだか遠《とお》くに聞《き》こえてくる。

ざわつく教室内《きょうしつない》で、あたしだけが切《き》り取《と》られたみたいに、ポツンとしていた。

昨日《きのう》の今日《きょう》で、進路調査票《しんろちょうさひょう》って……。

どんな運命《うんめい》のタイミングだろ。

なにもわからなくなってるのに、パパと相談《そうだん》、だなんて。

まわりを見《み》まわしてみる。

うちは、大学《だいがく》までエスカレーター式《しき》の私立《しりつ》だから、ほとんどの子《こ》は、そのまま進学《しんがく》する。

進路《しんろ》なんか関係《かんけい》ないって顔《かお》で、いつもどおりはしゃいでいた。

その中《なか》で、真剣《しんけん》な顔《かお》をしてるクラスメイトもいた。

真琴《まこと》と小夜《さよ》だ。

真琴《まこと》は、もっと陸上《りくじょう》の強《つよ》い強豪校《きょうごうこう》に行《い》くことも考《かんが》えてるのかな。

小説家《しょうせつか》を目指《めざ》してる小夜《さよ》は、なんでも経験《けいけん》したいって言《い》ってた。

もしかしたら、留学《りゅうがく》とかだって、考《かんが》えてるのかもしれない。
それでも、2人《ふたり》とも、方向性《ほうこうせい》は決《き》まってる。
（……いいな……）
あたしは、方向性《ほうこうせい》を、見失《みうしな》ったばかりだ。
モデルの夢《ゆめ》をあきらめるなら。
あたしは一体《いったい》、なにがしたいんだろう。
じっと進路調査票《しんろちょうさひょう》を見《み》る。
（ほんとなら、高校《こうこう》からモデル活動《かつどう》ができたら……って夢見《ゆめみ》てた。でも……）
心《こころ》の中《なか》では、もう結論《けつろん》が出《で》てるのに、言葉《ことば》にするのが怖《こわ》い。
いや、結論《けつろん》だって思《おも》うのが、怖《こわ》いのだ。
今《いま》は、なにも考《かんが》えたくない！
こんなときにこそ、イケカジ部《ぶ》で発散《はっさん》できたらいいのに……。
今日《きょう》に限《かぎ》って、みんながみんな予定《よてい》が入《はい》っていて、だれ一人《ひとり》として部室《ぶしつ》に来《こ》なかった。
結局《けっきょく》、なにもすることがなく、トボトボと家《いえ》に帰《かえ》ってきたあたし。
自室《じしつ》に入《はい》るなり、ベッドにダイブする。

「うー、モヤモヤする〰〰〰……」

机《つくえ》の上《うえ》においたカバンを、うらめしく見《み》る。

その中《なか》に入《はい》っている進路調査票《しんろちょうさひょう》。

なるべく早《はや》く、パパに相談《そうだん》しなきゃなんない。

パパには、もう、宣言《せんげん》しちゃった。

——でも、本当《ほんとう》にそれでいいの？

自問自答《じもんじとう》があたしの頭《あたま》の中《なか》でつづく。

タンスの上《うえ》においてある、ママの写真《しゃしん》。

優《やさ》しくって、キレイで、有名《ゆうめい》なファッションモデルだった、あたしのママ。

もし、ママが生《い》きていたなら。

こんなとき、どんな言葉《ことば》をかけてくれただろう……。

そっと起《お》きあがると、あたし、自然《しぜん》とママの写真《しゃしん》に語《かた》りかけてた。

「ねぇ、ママ……あたしね、今《いま》までずっと、ママみたいなモデルを目指《めざ》してきたんだけど……そうなるって、がんばってきたんだけど……」

声《こえ》が震《ふる》えてくる。

言葉《ことば》にするのが怖《こわ》い。

それでも、言葉《ことば》は止《と》まらない。

だれかに聞《き》いて欲《ほ》しかった。

「やっぱり、なれっこないって、わかっちゃった。あたしとママは、ちがうもん……」

もっと早《はや》く、気《き》づくべきだったんだ。

写真《しゃしん》で見《み》るだけでも、ママにはオーラがある。

すごくキレイだけど、ふつうの美人《びじん》とはちがう、独特《どくとく》の雰囲気《ふんいき》。

それがなければ、モデルになんかなれないんだ。

それが――才能《さいのう》がないって……いうことなんだ。

「……モデルを夢見《ゆめみ》たのは、幼稚園《ようちえん》のころ。子《こ》どもだったし……ママが死《し》んじゃったあと、ママを追《お》いかけることが、あたしが悲《かな》しみを乗《の》りこえるために必要《ひつよう》だったこと」

でも。

でも……。

「もう、あたしは子《こ》どもじゃない……『身《み》のほど』ってものが、分《わ》かっちゃったの。夢見《ゆめみ》ても、どうせムダなら、追《お》いかけてもしょうがない。そんなの逆《ぎゃく》に、前《まえ》むきじゃないって」

だから……。

「……ほ、方向転換《ほうこうてんかん》してもいいかなぁ……？」

モデルの夢《ゆめ》は、あきらめる。

それで、いいよね？　ママ。

「素敵《すてき》な女性《じょせい》になれるようには、がんばるから。それだけは絶対《ぜったい》、守《まも》るから」

うん。

これだけは、守《まも》る。

もう一度《いちど》、約束《やくそく》する。

こう言葉《ことば》にすると、スルッと自分《じぶん》の中《なか》に入《はい》ってくる。

そうだよ。

むいてないことをがんばったってしかたないじゃん。

「……あたし、桜庭《さくらば》くんといっしょに料理人《りょうりにん》になろうと思《おも》うの。自分《じぶん》がなるべきは、それだったんだって気《き》づいたんだ。これからもいっしょにいてほしいって言《い》ってくれた桜庭《さくらば》くんに応《こた》えたい。むいてないことを夢見《ゆめみ》つづけてたって、しかたないよね！　ママもそう思《おも》うでしょ？」

モデルの夢《ゆめ》は、あきらめる。

やめる。うん。
これからは、料理《りょうり》の腕《うで》を磨《みが》こう。
お店《みせ》をやるための、修業《しゅぎょう》もしなきゃ。
桜庭《さくらば》くんの期待《きたい》にこたえられるように。
これだって、立派《りっぱ》な……自分磨《じぶんみが》きだよね、ママ。

3 一弥《かずや》の夢《ゆめ》、アオイの夢《ゆめ》

そう決《き》まったら、一番《いちばん》に言《い》わなきゃいけない相手《あいて》がいる。
一弥《かずや》だ。
ちっちゃいころから、ずっといっしょに夢《ゆめ》を追《お》いかけてきた相手《あいて》。
そんな一弥《かずや》には、だれより先《さき》に、言《い》わなきゃいけない。
真《ま》っ正面《しょうめん》から話《はな》さなきゃ！
制服《せいふく》のまま、家《いえ》を飛《と》びだすと、となりの家《いえ》のチャイムを鳴《な》らす。
いるかな。
もう、叔父《おじ》さんのところへ行《い》っちゃったかな。
ドキドキしながら、ドアの前《まえ》で待《ま》つ。
「はいよ」
一弥《かずや》の声《こえ》だった。

ドアが開《ひら》く。

少《すこ》し驚《おどろ》いたように。

そして、なんだか複雑《ふくざつ》そうな顔《かお》をして。

一弥《かずや》があたしを見《み》た。

一瞬《いっしゅん》、その体格差《たいかくさ》にドキッとする。

(一弥《かずや》、また背《せ》が伸《の》びた……?)

「どうした? なんで制服《せいふく》のまま……」

「ちょっと話《はなし》があるんだ」

そう言《い》ったあたしの顔《かお》を見《み》て、一弥《かずや》が顔《かお》をしかめた。

だけど、ここでめげるあたしじゃない。

「一弥《かずや》の部屋《へや》、行《い》っていい?」

「なんで、オレの部屋《へや》?」

「大事《だいじ》な話《はなし》だから。志穂《しほ》さんたちに聞《き》かれたくない」

志穂《しほ》さんっていうのは、一弥《かずや》のママ。

2人《ふたり》っきりで話《はな》したかった。

「……ダメ、かな？」

「いいけど、散《ち》らかってるぞ」

「いいよ、それでも」

「……分《わ》かった」

根負《こんま》けしたかのように、一弥《かずや》は小《ちい》さなため息《いき》をつく。

一弥《かずや》のあとについて、階段《かいだん》を登《のぼ》り、一弥《かずや》の部屋《へや》へと入《はい》っていくあたし。

この部屋《へや》に入《はい》ったのは、実《じつ》は数《かぞ》えるほど。

それほどまでに、一弥《かずや》はこの部屋《へや》にあたしを入《い》れたがらなかった。

っていうか、いつも、一弥《かずや》のほうが、あたしの部屋《へや》にきてたし。

「適当《てきとう》に座《すわ》って」

「う、うん」

一弥《かずや》のベッド脇《わき》にちょこんと座《すわ》るあたし。

部屋《へや》には、現像液独特《げんぞうえきどくとく》の、すっぱいにおいが染《し》みついてる。

だから、呼《よ》びたがらないのかな？

一弥《かずや》は机《つくえ》の椅子《いす》に座《すわ》って、クルッとあたしのほうをむいた。

「で、なに。話《はなし》って？」

「一弥《かずや》、いそいでる？」

「？」

「多分《たぶん》、長《なが》くなる」

「そーゆーことか。平気《へいき》。今日《きょう》はなにもない」

「……よかった」

あたし、胸《むね》をなで下《お》ろし、ゆっくりと息《いき》を吐《つ》いた。

まずは、昨日《きのう》のことから話《はな》さないと話《はなし》が進《すす》まない。

「あのね、昨日《きのう》のことなんだけど」

「桜庭《さくらば》といっしょにいた？」

「う、うん。誕生日《たんじょうび》イヴだからって、ごちそうしてくれたの」

「……へぇ」

そう答《こた》える一弥《かずや》の声《こえ》、なんだか冷《つめ》たい。

興味《きょうみ》ない、みたいな。

それでもめげずに、あたし、言葉《ことば》をつづけていく。

「アンテリュードで、コース料理《りょうり》出《だ》してくれてね、全部《ぜんぶ》、桜庭《さくらば》くんが作《つく》ってくれて。メニュー構《こう》成《せい》から、考《かんが》えてくれたんだって、あたしのためにって」

「ま、あいつならできるだろうな」

「でしょ？　すごかったんだから」

その料理《りょうり》がいかにすごかったかを語《かた》ろうとしたら、一弥《かずや》からピシャリと言葉《ことば》が飛《と》んでくる。

「で？」

あぁ……話《はなし》を進《すす》めろってことね。

残念《ざんねん》。ほんと、おいしかったんだけどな。

ま、いいや。

「それで……最後《さいご》のデセール……デザートのときにね、言《い》われたの」

思《おも》い出《だ》すだけで、かあっと顔《かお》が赤《あか》くなってくる。

いかん、いかんっ！

一弥《かずや》に話《はな》してる最中《さいちゅう》なんだからっ！

「なんだよ？　告白《こくはく》でもされた？」

一弥《かずや》が目《め》をほそめて聞《き》いてくる。

凍《こお》りつきそうに冷《つめ》たい声《こえ》。

うー、これ、話《はな》さないとダメだよね。

思《おも》わず、声《こえ》がうわずった。

「こ、告白《こくはく》っていうか……もっと、上《うえ》っていうか……」

要領《ようりょう》を得《え》ないあたしの言《い》い方《かた》に、一弥《かずや》が片眉《かたまゆ》を上《あ》げた。

「もっと上《うえ》？　なんだそりゃ」

そ、そうだよね。

意味分《いみわ》かんないよね……。

これは、はっきり言《い》うしかないか……。

「……いっしょにいてほしい、って言《い》われた」

「はぁ!?」

一弥《かずや》が、思《おも》わず立《た》ちあがりかける。

「これからも、そばにいてほしいって」

「……」

「こ、これってプ、プロポーズ、かな？」

「…………………………それで？」

「そ、それで、真剣《しんけん》に考《かんが》えたんだけど、あたしも料理人《りょうりにん》になろうかなって――」

「はぁ!?　おまえ、まだ中学生《ちゅうがくせい》だろ！」

「そうだけど、準備《じゅんび》は今《いま》からでもできるでしょ」

「…………！」

一弥《かずや》、絶句《ぜっく》してる。

てか、本番《ほんばん》はここからなんだよね。

今《いま》のは前《まえ》おきっていうか。

あたし、深呼吸《しんこきゅう》した。

「それでね。さっき、ママの写真《しゃしん》に相談《そうだん》してきたんだけど……あたしの目指《めざ》すべき未来《みらい》は、それだったんじゃないかなって思《おも》って……」

「目指《めざ》すべきってなんだよ」

うわ。

おもいっきり、不機嫌《ふきげん》だ。

言《い》いたくないけど、言《い》わなきゃだよね。

「……料理人《りょうりにん》」

「笑《わら》わせるなよ。死《し》ぬほど不器用《ぶきよう》なくせに」

「そ、そうかもしれないけど、最近《さいきん》、できるようになってきたし」

「――モデルは、目指《めざ》すべき未来《みらい》じゃなかったってことか？」

……！

「だって、がんばっても、なれるものじゃなかった……一弥《かずや》も、テレビ見《み》て思《おも》ったでしょう？

あたし、ごくフツーの子《こ》にしか見《み》えなかった」

「準備《じゅんび》していかなかったからだろ」

「オーラすらなかった！」

「…………」

「地元《じもと》の子《こ》で、通《とお》っちゃうような映像《えいぞう》だった……」

「でも、プロデューサーが目《め》をつけるくらいの素材《そざい》だったんだろ。朔太郎《さくたろう》さんに、そう聞《き》いてるぜ」

「……そんなのお世辞《せじ》だったんだよ……」

「なんでそんなに自信《じしん》ねえんだよ」

そんなの……。

「そんなの、一弥《かずや》が強《つよ》いから言《い》えるセリフだよ！」

思《おも》わず、言葉《ことば》があふれてくる。

今《いま》まで、だれにも言《い》ってこなかった本音《ほんね》。

一弥《かずや》だから、言《い》える。


「どうやって!?　身長《しんちょう》は止《と》まっちゃうし！　いつパパにOKもらえるかもわかんないし！　OKもらえたって、その先《さき》どうなるかなんてわかんないし！　スキンケアとか柔軟《じゅうなん》ばっかやってても、あたしなんか、フツーの中学生《ちゅうがくせい》とぜんぜん変《か》わらない……！」

「今《いま》はガマンのしどころだろ」

「いつまで!?　ガマンで背《せ》は伸《の》びないよ！」

「…………」

「反対《はんたい》ばっかされて、ガマンばっかして……なれるかどうか分《わ》からないものを目指《めざ》してるのなんて、バカみたいだなって気《き》づいちゃったんだよ……」

「アオイ、おまえな……」

呆《あき》れたように言《い》う一弥《かずや》に、あたしは言《い》った。

「だから、思《おも》ったの。桜庭《さくらば》くんが今《いま》、プロポーズしてくれたのは、チャンスなんじゃないかなって」

「………」

「料理人《りょうりにん》目指《めざ》すのも、自分磨《じぶんみが》きになるよ。素敵《すてき》な女性《じょせい》を目指《めざ》すことには、代《か》わりないよ」

「……そこはブレないのな」

「そりゃ、そうだよ。ママとの約束《やくそく》だもん」

「………」

「だから、将来《しょうらい》は桜庭《さくらば》くんといっしょにお店《みせ》をやりたいなって」

「はぁ!? なんだそれ! どうして、いきなりそうなるんだよ!?」

「モデルは…………あきらめるつもり」

「……!」

一弥《かずや》は、絶句《ぜっく》して。

それから、深《ふか》いため息《いき》をついて。

すっごく難《むずか》しそうな顔《かお》をして、うつむいた。

そんな顔見《かおみ》たことなくって、あたし、いかに一弥《かずや》にひどいこと言《い》ったのかを思《おも》い知《し》らされた。

なんだか知《し》らない男《おとこ》の人《ひと》みたいに見《み》える。

「…………」

もう一度《いちど》、ため息《いき》と同時《どうじ》に髪《かみ》をかきあげた一弥《かずや》の耳《みみ》には、こないだあげたばかりの、イヤーカフがついていて。

それを見《み》たら、もうなにも言《い》えなくなって。

あたし、思《おも》わずうつむいちゃった。

そうなったら、もう顔《かお》なんて上《あ》げられなくなっちゃって。

じっと、一弥《かずや》がなんか言《い》ってくれるのを待《ま》ってた。

秒針《びょうしん》の音《おと》だけが部屋《へや》に響《ひび》く。

一弥《かずや》はまだ、なにも言《い》ってくれない。

小《ちい》さく息《いき》を吐《つ》きかけた、そのとき。

「…………話《はなし》はそれだけか？」

一弥《かずや》がつぶやくように言《い》った。

はじかれるように、顔《かお》をあげるあたし。

「え？　あ、うん」

「……じゃあ、もう帰《かえ》れよ」

一弥《かずや》の顔《かお》は——無表情《むひょうじょう》だった。

「え……」

「もう話《はな》すこと、ないだろ」

「そ、そうだけど……」

「……もう、分《わ》かったから」

返《かえ》す言葉《ことば》がない。

あたし、一弥《かずや》になにか言《い》って欲《ほ》しいのかな。

それを期待《きたい》してたのかな。

なにか言《い》われると思《おも》って怖《こわ》がってたのに、なにも言《い》われないことに、こんなにショックを受《う》けるなんて。

「あ、あと——これ」

そっけない声《こえ》といっしょに、放《ほう》られたものを受《う》けとめる。

それは、小《ちい》さな箱《はこ》だった。

「こ、これって……？」

「誕《たん》プレ。今日《きょう》だったろ。──ハッピーバースデー、な」

そっぽをむいたまま、そう告《つ》げられて。

あとは、もうこちらを見《み》ない一弥《かずや》。

「お、おじゃましました……」

一弥《かずや》の部屋《へや》を出《で》て、あたし、ポツンと立《た》ちつくす。

うしろで部屋《へや》のドアが閉《し》まる音《おと》が聞《き》こえて。

一弥《かずや》の家《いえ》の玄関《げんかん》を出《で》て、一弥《かずや》の部屋《へや》を見上《みあ》げる。

──あたし。

一弥《かずや》が、なにを言《い》うと思《おも》ってたんだっけ。

「オレとの約束《やくそく》は、どうなるんだ！」

とか。

「オレの被写体《ひしゃたい》は、おまえだけだ！」

とか。

そう言《い》って、怒《おこ》られる？

……泣《な》かれる……は、ないか。

「じゃあ、オレもカメラマンの夢《ゆめ》はあきらめる」

……とか？

それも絶対《ぜったい》にないよね。

そんなこと言《い》うわけない。

一弥《かずや》が、どんなにカメラが好《す》きか、カメラマンになることに打《う》ち込《こ》んでるか、あたしが一番《いちばん》、知《し》ってる。

でも、一弥《かずや》はあたしを撮《と》るためにカメラマンになるって決《き》めたんだよね。

あたしがモデルにならないなら、一弥《かずや》は他《ほか》の人《ひと》を撮《と》るのかな？

キュッ、と胸《むね》が痛《いた》むけど、首《くび》を横《よこ》に振《ふ》って気持《きも》ちをふりはらう。

……そんなこと、考《かんが》えてもしかたないよ。

一弥《かずや》が決《き》めることだもんね。

なんか、おたがいの夢《ゆめ》のことについて、話《はなし》をしようって思《おも》ってたのに。

あたしのことばっかで、一弥《かずや》の夢《ゆめ》について一言《ひとこと》も聞《き》けなかったな。

いっしょに追《お》いかけてたと思《おも》ってたのは、あたしだけだったのかな……。

本当《ほんとう》はあたし、一弥《かずや》に奮《ふる》い立《た》たせて欲《ほ》しかったのかな。

「おまえには才能《さいのう》があるよ」

とか。

「オレには分《わ》かってる、おまえは絶対《ぜったい》、一流《いちりゅう》のモデルになるよ」

とか。

そんな言葉《ことば》を期待《きたい》してたのかな。

そうやって、甘《あま》い言葉《ことば》をかけてもらって、気持《きも》ちを立《た》て直《なお》そうとか思《おも》ってたのかも。

甘《あま》すぎるよ、あたし。

すでにプロとしてカメラマンをやっている一弥《かずや》は、そんな甘《あま》い言葉《ことば》はかけてくれなかった。

「あたし、あきらめる」

もう口《くち》にしちゃった。

あたし、本当《ほんとう》にモデルの夢《ゆめ》をあきらめるんだ。

手《て》にしていた、一弥《かずや》にもらった箱《はこ》に目《め》を落《お》とす。

開《あ》けてみると……中《なか》に入《はい》っていたのは、ネックレスだった。

金色《きんいろ》の細《ほそ》い鎖《くさり》の先《さき》に揺《ゆ》れるチャームは、小《ちい》さな片方《かたほう》だけの、翼《つばさ》。

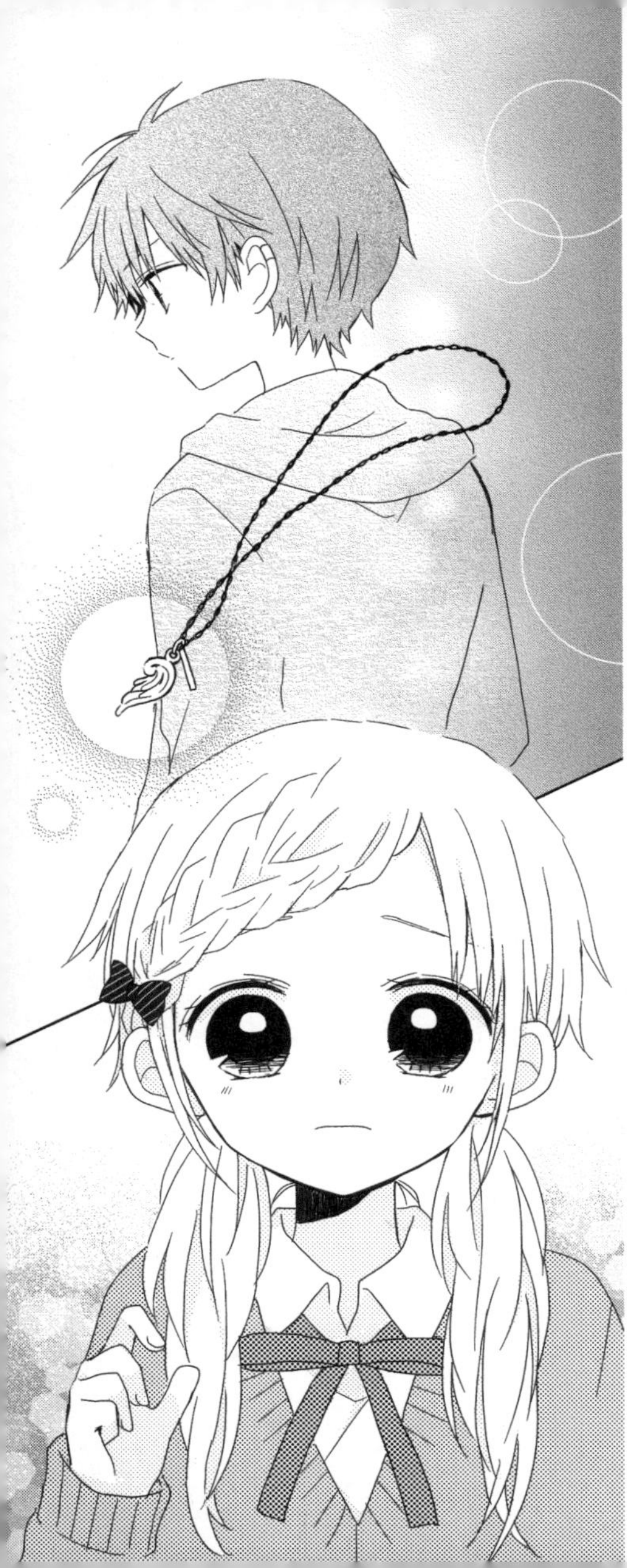

「……！」

――いつまで、そうしていただろう。

ボーッとしていたのか、家《いえ》に明《あ》かりが灯《とも》っていることにすら気《き》づかなかった。

先《さき》に帰《かえ》ってきたパパが、あたしがリビングに入《はい》るなり、ギョッとしたようにあたしを見《み》る。

「おかえ――ど、どうしたんだい」

「なにが？」

パパに言《い》われて、顔《かお》を上《あ》げる。

ポロポロと、あたしの頬《ほほ》を大筋《おおすじ》の涙《なみだ》が伝《つた》う。

あたし、気《き》づかないうちに泣《な》いてた。

でも、悲《かな》しくて泣《な》いたわけじゃない。

苦《くる》しくて泣《な》いたわけじゃない。

自然《しぜん》と涙《なみだ》が出《で》てきちゃっただけだ。

一弥《かずや》に話《はな》したことで、逆《ぎゃく》にスッキリした気《き》がする。

「パパ」

「な、なんだい」

「あたしね、モデル、本当《ほんとう》に、あきらめることに決《き》めたから」

「へ？」

パパ、とまどってる。

そりゃ、そうだよね。

幼稚園《ようちえん》のころから、ずっと言《い》い続《つづ》けてきた夢《ゆめ》だもん。

「本当《ほんとう》……に？」

「本当《ほんとう》に。だから、シークレットにも、そう連絡《れんらく》しておいて！」

そう言《い》いきって、あたし、自室《じしつ》に飛《と》び込《こ》んだ。

うしろ手《で》に、カギを閉《し》める。

ティッシュで大雑把《おおざっぱ》に涙《なみだ》を拭《ふ》いて。

ジュエリーボックスの中《なか》に、翼《つばさ》のネックレスを収《おさ》めて、そっと閉《と》じる。

あたし、ママの写真《しゃしん》を見《み》て微笑《ほほえ》んだ。

「これで良《よ》かったんだよね、ママ」

あたし、もう後《あと》もどりできない。

誕生日《たんじょうび》にした、決意《けつい》。

これが、運命《うんめい》なんだ。

4 どうする⁉　文化祭《ぶんかさい》

日直《にっちょく》のせいで遅《おく》れて、いそいで部室《ぶしつ》にむかったあたし。

もうメンバーはそろってた。

1学年下《がくねんした》のレナレオの双子《ふたご》コンビは、退屈《たいくつ》そうに足《あし》をブラブラさせてる。

文芸部《ぶんげいぶ》と漫研《まんけん》に兼部《けんぶ》している小夜《さよ》も、今日《きょう》はイケカジ部《ぶ》に顔《かお》を出《だ》してくれている。

あとは、特進《とくしん》クラスの桜庭《さくらば》くんとしのぶちゃんも、あたしが遅《おく》れたせいで先《さき》に着《つ》いてた。

真琴《まこと》は陸上部優先《りくじょうぶゆうせん》だから、今日《きょう》も来《き》ていない。

「遅《おく》れてごめんねぇっ！」

部室《ぶしつ》に入《はい》ろうとした、その瞬間《しゅんかん》。

背後《はいご》に人《ひと》の気配《けはい》を感《かん》じてふり返《かえ》る。

そこに、一弥《かずや》がいた。

昨日《きのう》の今日《きょう》で、どんな顔《かお》したらいいんだろ。

と思《おも》うけど、一弥《かずや》は無表情《むひょうじょう》だった。

一弥《かずや》は気《き》にしてないのかな……。

「わりぃ」

そう言《い》った一弥《かずや》の顔《かお》、なんだか申《もう》し訳《わけ》なさそう。

どうしたんだろ。

やっぱ、昨日《きのう》のこと？

そう思《おも》ったら、そうじゃなかった。

「あのさ。わるいけど、文化祭《ぶんかさい》の準備《じゅんび》、参加《さんか》できなそうだわ」

「へ？」

目《め》を丸《まる》くするあたし。

「どうして？」

一弥《かずや》は気《き》まずそうに言葉《ことば》をつづける。

「カメラのほうが、忙《いそが》しくなりそうなんだ。どうしても、やりたいことがあって」

そう言《い》った一弥《かずや》は、覚悟《かくご》を決《き》めたみたいな顔《かお》をしてた。

そ、そっか。

それじゃあ、しかたないよね。

一弥《かずや》はもう、プロのカメラマンなんだもん。

「う、うん、分《わ》かった。がんばってね！」

あたし、そう言《い》って一弥《かずや》の肩《かた》をたたく。

「応援《おうえん》してる！」

「おう」

笑顔《えがお》で一弥《かずや》を見送《みおく》ったあたし。

なぁんだ。

一弥《かずや》はあたしのことなんかで、ブレてない。

そりゃ、そうだよね。

一弥《かずや》は強《つよ》いし、なにより、才能《さいのう》があるもん。

それなら、あたしはあたしで、がんばらないと！

ふりむくと、みんなが微妙《びみょう》な顔《かお》を見合《みあ》わせてた。

やば、あたし、うまく笑《わら》えてなかった……かな。

それとも、アレか。

あたしが簡単《かんたん》に送《おく》りだしたのが、不思議《ふしぎ》なのかも。

どっちにしろ、今《いま》のあたしはこれが精《せい》いっぱい。

「さっ、みんな、始《はじ》めるよーっ！」

微妙《びみょう》な雰囲気《ふんいき》を察《さっ》してか、小夜《さよ》がすぐに話《はなし》を進《すす》めてくれる。

「アオイちゃん、今日《きょう》はなにをするんですかぁ？」

「えっと、今日《きょう》はね、文化祭《ぶんかさい》について。なにするか、決《き》めないと」

「もう、そんな時期《じき》なんですね」

しのぶちゃんが去年《きょねん》のことを思《おも》い出《だ》すかのように、一瞬遠《いっしゅんとお》くを見《み》た。

「去年《きょねん》はアンテリュードとコラボをして、レストランをしたんですよね」

「そうそう、ガレット作《つく》ったの」

「今年《ことし》もコラボするんですかぁ？」

小夜《さよ》の問《と》いに、桜庭《さくらば》くんが答《こた》える。

「去年《きょねん》はアンテリュードが開店《かいてん》する前《まえ》だったからできたことで、今年《ことし》は無理《むり》だと思《おも》う。ごめん」

「いや、そこは桜庭《さくらば》くんが謝《あやま》るとこじゃないし」

「なら、料理《りょうり》はやめたほうがいいんじゃないですか？」

と言《い》ったのは、しのぶちゃん。

「えっ？　どうして？」

「2年生《ねんせい》になると、出店《でみせ》を出《だ》せるでしょう。多分《たぶん》、アオイちゃんのクラスも、なにかやるんじゃないでしょうか。となると、二つ同時《どうじ》にやるのは、きついんじゃないかなって」

「そ、そっか……」

クラスの企画《きかく》の準備《じゅんび》もあるんだった。

そうなると、なにがいいかなぁ……。

「料理《りょうり》がダメとなると、服飾《ふくしょく》ですかねぇ」

小夜《さよ》がつぶやくように言《い》う。

「それ、いい！」

すかさず、あたしがその意見《いけん》を拾《ひろ》った。

いいじゃん、服飾《ふくしょく》。

「服飾《ふくしょく》って、なにやるんですか～？」

レナが口《くち》をはさむ。

「服《ふく》を飾《かざ》る？　展示《てんじ》ってことです？」

「それじゃ、つまんないよ」

すると、しのぶちゃんが言《い》いだした。

「ファッションショーなんて、どうでしょうかっ」

えっ。

「ぼく……ずっと憧《あこが》れているんですよね、ショーに。自分《じぶん》のつくった服《ふく》を、たくさんの人《ひと》に見《み》てもらえるでしょう？　いつか、やってみたいなって」

と、しのぶちゃんが、目《め》をキラキラさせる。

「いいですねぇ、イケカジ部《ぶ》らしいです」

と小夜《さよ》。

ちょ、ちょっと待《ま》って。

「で、でもさ、大変《たいへん》かもしれないよ？」

と、口《くち》をはさんでみるけど。

「みんなで縫《ぬ》えば、それなりの量《りょう》、用意《ようい》できるんじゃないかな」

「なんたって、派手《はで》だよね。目立《めだ》ちそう」

ズキン。ズキン。

胸《むね》が痛《いた》む。

「で、でも、レオくんは縫《ぬ》い物《もの》はじめてでしょ？　一から教《おし》えながらだと、スケジュールが厳《きび》しいかも……」

と、また口《くち》をはさんでみる。

すると、

「それなら、これはどうかな」

と、桜庭《さくらば》くんが、口《くち》を開《ひら》いた。

「ほら、前《まえ》にやったじゃない。浴衣《ゆかた》のリメイク」

「そんなこともありましたねぇ」

「みんなで服《ふく》を持《も》ちよって、それをリメイクするっていうのは？　できるんじゃないかな」

「そんなことできんの!?　かっこいい！」

「リメイクなら、ぼくも工夫《くふう》してデザインを考《かんが》えますね。センスを活《い》かせるように」

と、しのぶちゃんもニッコリ。

あっというまに、みんなの心《こころ》がまとまっていく。
……ファッションショー………か。
ズキン。
正直《しょうじき》、今《いま》のあたしには、ちょっと胸《むね》が痛《いた》い企画《きかく》なんだけど……。
でも、こんなに、みんなが乗《の》り気《き》なんだもん。
部長《ぶちょう》として、これ以上《いじょう》ぐずぐず、言《い》えないよね。
「じゃ、じゃあ、すぐ企画書《きかくしょ》、書《か》いてみるね！」
なんて、言《い》ったあたし。
生徒会《せいとかい》からもらった紙《かみ》に必要《ひつよう》なことを書《か》いていくだけなんだけど……。
そもそも、企画書《きかくしょ》なんて書《か》いたことないから分《わ》かんない。
そーゆーのって全部《ぜんぶ》、一弥《かずや》がやってたから。
うむむ……。
これ、けっこう難《むずか》しいよー！
企画書《きかくしょ》を前《まえ》に固《かた》まってるあたしを見《み》て、桜庭《さくらば》くんが心配《しんぱい》そうに口《くち》を出《だ》した。
「僕《ぼく》が代筆《だいひつ》しようか？」

やっぱり、そう思《おも》うよね……。

しのぶちゃんも立候補《りっこうほ》してくれる。

「服飾《ふくしょく》についてなら、ぼくも書《か》けますよ！」

で、でも、一弥《かずや》もがんばってるんだもん。

自分《じぶん》でやれるようにならなきゃ。

「だ、大丈夫《だいじょうぶ》！　部長《ぶちょう》なんだし、これくらいできないとね！」

慣《な》れない手《て》つきで、どうにか書《か》いてみるあたし。

しっかし、さっぱり分《わ》からない。

とりあえず、書《か》くべき欄《らん》は埋《う》めてみた。

うん、多分《たぶん》これで大丈夫《だいじょうぶ》……じゃないかな？

「じゃあ、行《い》ってくるっ！　今日《きょう》は解散《かいさん》ね！」


そんなアオイの背中《せなか》を見送《みおく》ったイケカジ部《ぶ》メンバーは、なんだか不審《ふしん》そうだった。

「アオイちゃん……なんか、あったのかな？」

レオが聞《き》く。

「先輩《せんぱい》にしては、なんかテンション低《ひく》かったよね」

とレナ。

「それに、一弥《かずや》先輩《せんぱい》も……」

「やっぱりプロになると、学校行事《がっこうぎょうじ》すら出《で》られなくなるもんなんでしょうか？」

しのぶちゃんの疑問《ぎもん》に、桜庭《さくらば》が答《こた》える。

「どうなんだろうね。カメラマンの世界《せかい》はよく分《わ》からないけど、井上《いのうえ》が嘘《うそ》つくとは思《おも》えないよ」

「そうですよね……」

「2人《ふたり》とも、なんかヘンでしたねぇ……」

5 がんばるんだっ！

トントン
生徒会室《せいとかいしつ》のドアをたたく。

「はい、どうぞ」

中《なか》から声《こえ》が聞《き》こえて、あたしはドアを開《ひら》いた。

「失礼《しつれい》します。イケカジ部《ぶ》です」

そう挨拶《あいさつ》をしてから、中《なか》へと入《はい》っていく。

「立川《たちかわ》さんか。めずらしいね」

苦笑《くしょう》しながら、あたしを出迎《でむか》えてくれたのは、生徒会長《せいとかいちょう》のふわふわくんだった。

天然《てんねん》パーマでふわふわの髪《かみ》をしてるので、ふわふわくんと名付《なづ》けたのは、このあたしだ。

ふわふわくんも、このニックネームを気《き》に入《い》ってくれている。

「えっ、なんで？」

「いつもはノックなんかなしで、バンッ！　って入《はい》ってくるのに」

「そ、そうかな？」

「そうだよ」

「いつもじゃないでしょ？」

「いつもだよ」

そんな会話《かいわ》をしながら、あたしはふわふわくんの側《そば》へと歩《ある》いていく。

今日《きょう》は、ほかの生徒会役員《せいとかいやくいん》がいないから、気楽《きらく》だ。

だって、ここにメガネ先輩《せんぱい》とかいたら、いきなり嚙《か》みつかれるからね。

「で、今日《きょう》は、なに？」

ふわふわくんが目《め》を輝《かがや》かせながら聞《き》いてくる。

なんだかうれしそうだ。

「企画書《きかくしょ》の提出《ていしゅつ》に来《き》たの」

「あぁ……文化祭《ぶんかさい》の？」

「そう」

そう言《い》って、あたしは持《も》っていた企画書《きかくしょ》をふわふわくんにわたす。

「ちょっと拝見《はいけん》」

ふわふわくんが、企画書《きかくしょ》を見《み》て、すぐに難《むずか》しそうな顔《かお》になる。

しばしの間《あいだ》。

ふわふわくんが怪訝《けげん》そうな顔《かお》を上《あ》げて、あたしを見《み》た。

「これだけ？」

「え？」

「ほかに資料《しりょう》はない？」

「う、うん……」

「ぜんぜん足《た》りないなぁ」

た、足《た》りない？

「大雑把《おおざっぱ》すぎるっていうか、細部《さいぶ》まで見《み》えてこない。これじゃ、承認《しょうにん》できないよ」

えっ！

ど、どこが足《た》りないの!?

「ファッションショーをしたいってことは、分《わ》かったよ。でも、だれがショーに出《で》て、だれが裏方《うらかた》で、どれくらいの時間《じかん》かかって、舞台《ぶたい》はどうするのか、そういうのがぜんぜん書《か》かれてない」

「そ、そこまで書《か》かなきゃダメ？」

「ダメ」

小《ちい》さくため息《いき》をつくと、ふわふわくんが言葉《ことば》をつづける。

「今《いま》までのイケカジ部《ぶ》は、そーゆーのちゃんとできてたはずなんだけど……どうしたの？」

あうう……。

「それは……今《いま》まで書類《しょるい》を書《か》いてたのが一弥《かずや》で……あ、副部長《ふくぶちょう》で」

「うんうん」

「カメラマンの仕事《しごと》で、今年《ことし》の文化祭《ぶんかさい》は出《で》られなくなっちゃって……それであたしが書《か》いたんだよね。いつものあたしは、パパーッとやりたいことをしゃべるだけで、あとはやってもらえてたから」

「なるほどね」

想像《そうぞう》してるのか、ふわふわくんがクスクスと笑《わら》っている。

「目《め》に見《み》えるわ、その光景《こうけい》」

「笑《わら》わないでよっ！」

「ごめんごめん。でも、桜庭《さくらば》に手伝《てつだ》ってもらえばよかったのに」

「うう……今回《こんかい》は1人《ひとり》でやろうと思《おも》ったの」

だめかな？

「残念《ざんねん》だけど、これでは受《う》け付《つ》けられないよ」

「どうしても？」

「俺《おれ》が通《とお》すと言《い》っても、書記《しょき》がＯＫすると思《おも》う？」

うっ。

今《いま》の書記《しょき》は、あのメガネ先輩《せんぱい》だ。

「……分《わ》かった。じゃあ、出直《でなお》してくるね」

とりあえず、持《も》って帰《かえ》って、書《か》き直《なお》すことにしたあたし。

と、生徒会室《せいとかいしつ》のドアにむかったところで。

「立川《たちかわ》さん」

と、ふわふわくんの声《こえ》に、ふりむく。

「なあに？」

「いや……なんか、元気《げんき》ないみたいだけど。がんばれ」

う、はげまされちゃった！

「ありがと！　またくるから、よろしくね！」
そう言《い》うと、ふわふわくんは、ひらひら手《て》を振《ふ》ってくれた。

そうだ、あたし部長《ぶちょう》なんだから、しっかりしなきゃ！
と気《き》を引《ひ》きしめる。
生徒会室《せいとかいしつ》を出《で》て、昇降口《しょうこうぐち》へとむかう。
1人《ひとり》ぼっちで帰《かえ》る帰《かえ》り道《みち》。
その途中《とちゅう》に、陸上部《りくじょうぶ》が練習《れんしゅう》しているトラックの側《そば》を通《とお》りぬける。
(真琴《まこと》、もういないよね……)
自然《しぜん》とトラックを見《み》つめるあたし。
「！」

真琴《まこと》は同《おな》じクラスで、イケカジ部《ぶ》に兼部《けんぶ》してる、あたしの親友《しんゆう》なんだ。

その真琴《まこと》が今《いま》、1人《ひとり》で居残《いのこ》り練習《れんしゅう》してた。

1人《ひとり》……じゃないか。

マネージャーといっしょに、何度《なんど》も何度《なんど》も、スタートダッシュの練習《れんしゅう》をしては、なにかを話《はな》し合《あ》っている。

(真琴《まこと》は、えらいなぁ……1年生《ねんせい》のときからエースだし、スポーツ特待生《とくたいせい》だもんね。いっぱい努《ど》力《りょく》して、期待《きたい》に応《こた》えてるの、すごいな……)

息《いき》を荒《あら》くして、それでも何度《なんど》も挑戦《ちょうせん》してる真琴《まこと》。

苦《くる》しそうなのに、なんだか楽《たの》しそう。

そっか。

充実《じゅうじつ》してる人《ひと》は、あんな表情《ひょうじょう》になるのか。

それにひきかえ、あたしは……。

胸《むね》がチクンと痛《いた》む。

それをふりはらうように首《くび》を横《よこ》にふると、あたしは回《まわ》れ右《みぎ》をして、足《あし》ばやに歩《ある》き出《だ》した。

家《いえ》の方角《ほうがく》ではなく、逆方向《ぎゃくほうこう》へと歩《ある》いていく。

しょげてなんか、いられない。
あたしは、あたし。
あたしも、今《いま》、できることをがんばろう。
あたしのことを必要《ひつよう》としてくれる人《ひと》のために、がんばるんだっ！

6　アオイの勘《かん》ちがい

着《つ》いた先《さき》は、アンテリュード。
明《あ》かりはついていなくて、ドアも開《あ》いていない。
まだディナーの時間《じかん》じゃないからかな。
（どうしよっかな……）
しかたなく、裏口《うらぐち》へと回《まわ》るあたし。
裏口《うらぐち》からは、ディナーの準備《じゅんび》をしている桜庭《さくらば》くんの姿《すがた》が見《み》えた。
部活《ぶかつ》が解散《かいさん》したあと、店《みせ》に直行《ちょっこう》してきたんだろうな。
それで、店《みせ》を手伝《てつだ》って、家《いえ》に帰《かえ》ってから、多分《たぶん》、勉強《べんきょう》もしてるんだと思《おも》う。
すごいよねぇ……。
（気《き》づいてくれないかなぁ）
その場《ば》でジャンプしてみたり、手《て》を振《ふ》ってみたりするあたし。

食材《しょくざい》を取《と》るために、クルッと回《まわ》った桜庭《さくらば》くんが、あたしと目《め》が合《あ》って、ギョッとしたように目《め》を見開《みひら》いた。

(あ、気《き》づいてくれた!)

足《あし》ばやにこっちにやってきた桜庭《さくらば》くん。

裏口《うらぐち》のドアを開《あ》けると、中《なか》へとあたしを招《まね》き入《い》れてくれる。

「どうしたの、立川《たちかわ》さん。こんな時間《じかん》に」

「忙《いそが》しいところ、ごめんね。あのね、あたし」

「うん?」

「アルバイト、申《もう》し込《こ》みに来《き》たの!」

桜庭《さくらば》くんが、怪訝《けげん》そうな顔《かお》になる。

「アンテリュードに?」

「そう」

「……はぁ」

桜庭《さくらば》くん、こまった顔《かお》してる。

「アルバイトなんて募集《ぼしゅう》してないよ」

「そっか、まだあたし、中学生《ちゅうがくせい》だもんね。じゃあ、お給料《きゅうりょう》はいらないから、手伝《てつだ》わせて！」

「そういう問題《もんだい》じゃないよ」

そっか……。

だめなんだ……。

「立川《たちかわ》さん、どうしてそんなこと思《おも》ったの？」

どうしてって……。

「そもそも、アルバイトなんかする時間《じかん》ないでしょう？」

だって。

体《からだ》を動《うご》かしてないと、忘《わす》れられない。

どうしても、頭《あたま》の中《なか》に、モデルの夢《ゆめ》がよぎっちゃう。

がんばってる人《ひと》を見《み》ると、胸《むね》がチクンとする。

それに。

それにさ。

「桜庭《さくらば》くんは、いつかはプロになるんでしょう？」

「え？　まぁ……うん、そうなれたらいいなとは思《おも》ってるけど」

「じゃあ、あたしも目指《めざ》そうと思《おも》って」

「えっ？　料理《りょうり》のプロを？」

「まさか」

桜庭《さくらば》くんが、わけがわからない、という顔《かお》になる。

「さすがに、あたしじゃ料理人《りょうりにん》になれないよ。それはわかってる」

「じゃあ、なんでアルバイト？」

「ずっと、桜庭《さくらば》くんの側《そば》にいるためのスキルを身《み》につけるには、まずはお店《みせ》で働《はたら》くことかなって思《おも》ったから」

あたしの言葉《ことば》を聞《き》いた桜庭《さくらば》くんは、目《め》を見開《みひら》いた。

そして、うれしそうな渋《しぶ》いような……複雑《ふくざつ》そうな表情《ひょうじょう》を浮《う》かべて、目《め》をそらす。

全体的《ぜんたいてき》には、こまったような顔《かお》。

「あ、あたしなりに、将来《しょうらい》のこと、見《み》すえて考《かんが》えたんだけど……」

声《こえ》が小《ちい》さくなっちゃう。

頰《ほほ》が赤《あか》くなるのを感《かん》じながら、あたしは口《くち》を開《ひら》いた。

「だって、桜庭《さくらば》くん、プロポーズしてくれたでしょ？」

「え！」

桜庭《さくらば》くんが真《ま》っ赤《か》になる。

——あれ？

あたし、へんなこと言《い》った？

桜庭《さくらば》くん、気《き》まずそうに口《くち》を開《ひら》いた。

「ちょ、ちょっと待《ま》って。立川《たちかわ》さん、またまちがえてる。僕《ぼく》は君《きみ》に、そんなこと求《もと》めてないよ
……僕《ぼく》のそばにいるためのスキル……とか」

「ええぇ!?」

「それと……なにか勘《かん》ちがいしてるようだから言《い》うけど、僕《ぼく》、別《べつ》にプロポーズしたつもりじゃな
いからね？」

「ええええぇっ!?」

ほんとに？

あれ、プロポーズじゃないの？

じゃあ、あれはなんだったの？

ばっさり言《い》い切《き》られてしまったあたし、勘《かん》ちがいもいいとこ。

桜庭《さくらば》くんの目《め》の前《まえ》で、あわてふためいてしまった。

(そっか……プロポーズじゃなかったんだ……!)

恥《は》ずかしい!

恥《は》ずかしさのあまり、顔《かお》が真《ま》っ赤《か》になっていくのが分《わ》かる。

桜庭《さくらば》くんが、目《め》をそらしたまま、ボソボソ言《い》う。

「……まあ……そばにいて欲《ほ》しいっていうのは、本《ほん》心《しん》だけど……」

「え? 今《いま》、なんて……?」

「でも、まだ僕《ぼく》も子《こ》どもだし……プロポーズは早《はや》いでしょ」

……ですよね。

真面目《まじめ》に考《かんが》えれば、分《わ》かることだよね。

いくら桜庭《さくらば》くんが大人《おとな》っぽいって言《い》っても、まだまだあたしたちは中学生《ちゅうがくせい》だもんね。

「そ、そうだよね！　あはは……あたし、また空《から》まわって突進《とっしん》しちゃった！　ごめん！　恥《は》ずかしいな……」

「立川《たちかわ》さん……」

気《き》づかわしそうに言《い》ってくれる桜庭《さくらば》くんのやさしい視線《しせん》が、今《いま》は悲《かな》しい。

「気《き》にしないで！　それに……うん、そうだよね。バイトなんてしてる場合《ばあい》じゃないよね。あたし、バカだった！　明日《あす》からまた、イケカジ部《ぶ》がんばるね！　桜庭《さくらば》くんもよろしく！　じゃあ、またっ！」

早口《はやくち》でそう言《い》うと、あたしは駆《か》けだす。

（どうしよう……）

胸《むね》が早鐘《はやがね》を打《う》っていた。

走《はし》っているせい、じゃない。

（あたし、またやっちゃった……）

浮《う》かれて、ことを決《き》めてしまった……。

でも、もうモデルの夢《ゆめ》にはもどれない。

じゃあ、これから。

これから、どうしたらいいんだろう。
誰《だれ》からも求《もと》められてないあたしは、なにをがんばったらいいんだろう……。

7 クラスの企画《きかく》は？

「じゃあ、みんな、やりたいことあげてってー！」

あたしの声《こえ》が教室内《きょうしつない》に響《ひび》きわたる。

LHR《ロングホームルーム》で、文化祭《ぶんかさい》の企画《きかく》を決《き》めることになった、あたしたちのクラス。

当然《とうぜん》、クラスを仕切《しき》るのは学級委員《がっきゅういいん》。

市村《いちむら》くんと2人《ふたり》で前《まえ》に出《で》て、クラスメイトの意見《いけん》をまとめていく。

「やっぱ今年《ことし》は、展示《てんじ》じゃなくて出店《でみせ》がいいよねぇ」

出店《でみせ》、っと。

「出店《でみせ》だとみんな当番制《とうばんせい》になって、文化祭《ぶんかさい》、見《み》てまわる時間少《じかんすく》ねぇじゃん。展示《てんじ》のほーが楽《らく》だって」

展示《てんじ》、っと。

うーむ。

そういう意見《いけん》もあるのね。

「えーっ、せっかくお店《みせ》やれるのに、２年《ねん》でやらなかったらソンだよ。楽《たの》しみにしてたのに！」

「そうそう、展示《てんじ》は１年《ねん》がやるもんだよ。２年《ねん》では出店《でみせ》やろうよ！」

うん、出店《でみせ》の意見《いけん》が多《おお》い。

市村《いちむら》くんが、小声《こごえ》であたしに話《はな》しかけてくる。

「そろそろ、多数決採《たすうけつと》ろうか？」

「そうだね。意見《いけん》は、出《で》そろったみたいだし」

市村《いちむら》くんが多数決《たすうけつ》の発議《はつぎ》をしてくれる。

案《あん》の定《じょう》、出店《でみせ》が有利《ゆうり》。

「じゃあ、出店《でみせ》で決定《けってい》かな」

「次《つぎ》は、なんの出店《でみせ》にするかだねー？」

あたしの言葉《ことば》に、次々《つぎつぎ》に意見《いけん》が飛《と》んでくる。

あわてて、黒板《こくばん》に意見《いけん》を書《か》いていくあたし。

カフェ――

それも、メイドカフェって意見《いけん》が圧倒的《あっとうてき》に多《おお》い。

「ちょっと待《ま》て。衣装《いしょう》どうするつもりだよ？」

市村《いちむら》くんの意見《いけん》も、ごもっとも。

メイドさんの衣装《いしょう》なんて、手《て》がかかるもの、作《つく》ってられないよっ！

「貸衣装屋《かしいしょうや》さん、知《し》ってるよー」

そう言《い》ったのは、クラスメイトの1人《ひとり》――内田《うちだ》みくちゃんだった。

「うちの部《ぶ》でよく使《つか》ってるから、安《やす》くしてもらえそうだし」

「うちの部《ぶ》？」

思《おも》わず、聞《き》き返《かえ》しちゃう。

「そ、演劇部《えんげきぶ》」

「演劇部《えんげきぶ》かぁ……それなら納得《なっとく》」

市村《いちむら》くんも頷《うなず》いてる。

「うちの演劇部《えんげきぶ》って、けっこうでかいよね？」

「まぁ、文化部《ぶんかぶ》の中《なか》では？」

みくちゃん、得意《とくい》げになって口《くち》を開《ひら》く。

「クラス全員《ぜんいん》ぶんまでは無理《むり》かもしれないけど、当番《とうばん》の子《こ》のぶんくらいなら、用意《ようい》できると思《おも》うな！」

「安《やす》く借《か》りられるように、交渉《こうしょう》できるかな？」

「お安《やす》いご用《よう》だよっ！」

みくちゃんはそう言《い》って、親指《おやゆび》を立《た》てる。

それを見《み》た市村《いちむら》くんは、クラス全体《ぜんたい》を見回《みまわ》して言《い》った。

「じゃ、企画《きかく》は、メイドカフェでいいかな？」

「さんせーいっ！」

あちこちで声《こえ》が上《あ》がる。

「じゃあ、メニューはイケカジ部《ぶ》にお願《ねが》いね」

そう言《い》ったのは、みくちゃんだった。

「え？」

あたし、目《め》をパチクリ。

あ、そっか。

協力《きょうりょく》、しなきゃだよね。

（なにがいいかなぁ……）

あたし、チョークを片手《かたて》に考《かんが》える。

カフェだし、軽食《けいしょく》がいいよね。

「うーん……」

「メニューなんか、少《すく》なくていいだろ」

そう言《い》ったのは、大内《おおうち》くんだった。

「極端《きょくたん》に言《い》えば、1種類《しゅるい》でも。用意《ようい》する手間《てま》考《かんが》えると、それでもいいと思《おも》う」

さすが、商店主《しょうてんぬし》の息子《むすこ》！

1種類《しゅるい》か。

クッキーは簡単《かんたん》にできるけど、カフェでクッキーはナシだよね。

そうなると……。

「パウンドケーキかなぁ」

「いいじゃん、それ」

「イケカジ部《ぶ》で焼《や》いてくれるんだよね？」

「ってことは、うちらは飲《の》み物用意《ものようい》すれば、いいってこと？」

「カフェだし、コーヒーと紅茶《こうちゃ》くらいでよくね？」

「え、えっと……」

話《はなし》がどんどん進《すす》んでいっちゃう。

「焼《や》くのは簡単《かんたん》だから——」

ええい。

このさい、まかされちゃおう！

あたしが、口《くち》を開《ひら》きかけた瞬間《しゅんかん》。

市村《いちむら》くんが制止《せいし》した。

「イケカジ部《ぶ》でも企画《きかく》があるだろうし、焼《や》くのをまかすのはやめようよ」

おっと……それも、そうか。

危《あぶ》ない、危《あぶ》ない。

また、先走《さきばし》るところだった……。

「もちろん、協力《きょうりょく》はするから、クラスみんなでやろうよ！」

真琴《まこと》が立《た》ちあがって、言《い》ってくれた。

「イケカジ部《ぶ》でレシピは提供《ていきょう》しますよぉ」

小夜《さよ》も言《い》う。

「せっかくの文化祭《ぶんかさい》だし、クラスのみんなで分担《ぶんたん》してやるべきだろ？」

と、市村《いちむら》くんがたしなめる。

「それもそうだね。ごめん、立川《たちかわ》さん」

みくちゃんが謝《あやま》ってくれる。

「う、ううん、あたしも安請《やすう》け合《あ》いしようとしてた」

「イケカジ部《ぶ》は協力《きょうりょく》してくれるだけで、充分《じゅうぶん》じゃないかな。立川《たちかわ》さんも、なんでも自分《じぶん》でしょいこまないでいいからね」

ポンッ

市村《いちむら》くんが、肩《かた》に手《て》をおいてくれる。

やっぱり、たよりがいがあるなぁ……市村《いちむら》くん。

あたしの性格《せいかく》分《わ》かってるっていうか。

「じゃ、じゃあ、あたし、パウンドケーキの試作《しさく》リーダーやるね！　みんなに教《おし》えるっ！」

「わー、それ助《たす》かる！」

「レシピだけじゃ、不安《ふあん》だもんね」

「オレもそれ参加《さんか》するわ、学級委員《がっきゅういいん》として」

「市村《いちむら》が来《く》るなら安心《あんしん》だー！」

クラスのみんなが口々《くちぐち》に言《い》う。

そんな中《なか》で、真琴《まこと》と小夜《さよ》が気《き》づかわしげにあたしを見《み》てた。

だ、大丈夫《だいじょうぶ》だって！

試作《しさく》するだけだもんっ！

8　条件《じょうけん》つきのランウェイ

放課後《ほうかご》。

企画書《きかくしょ》の再提出《さいていしゅつ》のため、細部《さいぶ》まで考《かんが》えなきゃいけないってことで、くわしく話《はな》し込《こ》むイケカジ部《ぶ》。

「準備期間《じゅんびきかん》は1ヶ月半《かげつはん》だから、それまでに何着作《なんちゃくつく》れるか……がキモだよね。そっから、逆算《ぎゃくさん》……？　したらいいのかなあ」

あたしの言葉《ことば》に、しのぶちゃんが反応《はんのう》する。

「リメイクのしかたにもよりますよ。ちょっとなら、それこそ1日《にち》1着作《ちゃくつく》れちゃいますから」

「そっか……」

じゃあ、逆算《ぎゃくさん》の必要《ひつよう》はないのか。

うーん、一弥《かずや》がいないとどこから始《はじ》めたらいいのか、本当《ほんとう》に分《わ》かんないな……。

ダメダメッ！

一弥《かずや》にたよりっぱなしはよくない！

一弥《かずや》は今《いま》、カメラマンの修業《しゅぎょう》で忙《いそが》しいんだからっ！

「企画書《きかくしょ》を書《か》くために、そこまでする必要《ひつよう》はないんじゃない？　当日《とうじつ》までに構成《こうせい》を考《かんが》えればいいんだから、作《つく》りながら詰《つ》めていけばいいはずだよ」

そう言《い》ったのは、桜庭《さくらば》くんだった。

「むしろ、企画書《きかくしょ》に必要《ひつよう》だったのは、場所《ばしょ》はどこでやるかとか、時間《じかん》はどれくらいかかるのかとか、そういったことだったんじゃないのかな？」

あ、そっか。

ファッションショーの場所《ばしょ》……といえば、ランウェイ？

「講堂《こうどう》にランウェイ作《つく》らないといけないんだね！」

「ランウェイって？」

レナちゃんが聞《き》き返《かえ》してくる。

「ほら、よくモデルさんが歩《ある》いてくる長《なが》い道《みち》みたいなもの」

「あぁ、あれですかぁ」

「でも、学校《がっこう》にそんなものはないし……」

「作《つく》るしかないでしょうねぇ。これはおおごとですよぉ」

小夜《さよ》が頭《あたま》を抱《かか》えてる。

ランウェイを「作《つく》る」って……。

「台《だい》かぁ……机《つくえ》とかでやるしかないのかな？」

「危《あぶ》ないよ」

桜庭《さくらば》くんがすかさず口《くち》をはさむ。

「固定《こてい》するにしても、撤去《てっきょ》が大変《たいへん》だし、立川《たちかわ》さんの案《あん》は却下《きゃっか》。他《ほか》の方法《ほうほう》を考《かんが》えよう」

他《ほか》の方法《ほうほう》……かぁ。

なんかイイ方法《ほうほう》ないかなぁ。

台《だい》……台《だい》かぁ。


「あ！」

あたし、イイこと思《おも》いついちゃった。

「ちょっと、話《はなし》してきてもいい？」

「どこにですか？」

しのぶちゃんが不思議《ふしぎ》そうな顔《かお》してる。

「生徒会室《せいとかいしつ》にも台《だい》なんてありませんよ？」

「ううん、生徒会室《せいとかいしつ》になんて行《い》かないよ」

「じゃあ、どこに……」

「台《だい》があるとこ、思《おも》いついちゃったの！」


さて、あたしがやってきたのは、同《おな》じ文化部《ぶんかぶ》が入《はい》ってる北校舎《きたこうしゃ》だけど、今《いま》まで来《き》たことのなかった場所《ばしょ》。

目《め》の前《まえ》には、古《ふる》びた文字《もじ》で『演劇部《えんげきぶ》』と書《か》かれている。

そう、あたしが台《だい》を借《か》りようとしているのは、演劇部《えんげきぶ》！

トントン

ドアをたたく。

反応《はんのう》はない。

もう少《すこ》し、強《つよ》めにドアをたたいてみる。

それでも、反応《はんのう》はない。

（あれ……だれもいない？）

そっと、ドアを開《ひら》いてみた。

すると、ワッと声《こえ》が漏《も》れ聞《き》こえてくる。

どうやら、稽古中《けいこちゅう》だったみたい。

みんな集中《しゅうちゅう》してて、ドアをたたく音《おと》なんか聞《き》こえてなかった。

あたし、思《おも》わず見《み》とれてしまった。

舞台《ぶたい》の上《うえ》で、本物《ほんもの》そっくりの剣《けん》と盾《たて》を持《も》って、戦《たたか》っている場面《ばめん》だったのだけれど、息《いき》を呑《の》んでしまうほどのでき映《ば》え。

殺陣《たて》……っていうんだっけ？

なんの劇《げき》かまでは、分《わ》からなかったけれど。

みんながひとつのものに集中《しゅうちゅう》して、がんばっている姿《すがた》を見《み》て。

あたし、感動《かんどう》してしまったんだ。

しばらく、間《ま》が空《あ》いて。

やっと、キリがいいところまで終《お》わったのか、演劇部《えんげきぶ》の集中《しゅうちゅう》が途切《とぎ》れたところで、みくちゃんがあたしに気《き》がついた。

「あ、立川《たちかわ》さん！　どうしたの？」

「ごめん……見《み》とれちゃってた」

「あぁ、いいの、いいの。こっちこそ、気《き》づかなくってごめん。演劇部《えんげきぶ》になにか用《よう》？」

「あのね、お願《ねが》いがあって来《き》たんだけど」

そう言《い》って、あたし、持《も》っていた企画書《きかくしょ》を見《み》せた。

そうして、みくちゃんにファッションショーの詳細《しょうさい》を話《はな》す。

「それで、演劇部《えんげきぶ》にランウェイの台《だい》を借《か》りられないかなと思《おも》って」

「なるほどね。ちょっと待《ま》ってて、部長《ぶちょう》に相談《そうだん》してくる」

そう言《い》うと、みくちゃんは部長《ぶちょう》のところへと駆《か》けていく。

ちょっと待《ま》っていると、部長《ぶちょう》といっしょにみくちゃんがあたしのところへともどってきた。

「イケカジ部《ぶ》、今年《ことし》はファッションショーやるの？」

と、部長《ぶちょう》が聞《き》いてくる。

部長《ぶちょう》というだけあって、あたしとはちがって迫力《はくりょく》があった。

長《なが》い髪《かみ》をポニーテイルにまとめ、額《ひたい》に汗《あせ》が輝《かがや》いている。

ほりの深《ふか》い整《ととの》った顔《かお》をしていて、舞台《ぶたい》で映《は》えるだろうなぁ……と想像《そうぞう》できる。

上履《うわば》きの色《いろ》で3年生《ねんせい》だということが分《わ》かった。

「はい、去年《きょねん》はレストランやったので、食《た》べ物系《ものけい》はいいかな……と思《おも》って」

「でも、台貸《だいか》すのはいいけど重《おも》いよ？　イケカジ部《ぶ》の人数《にんずう》じゃ運《はこ》べないと思《おも》うけど」

「そ、そうなんですかぁ……」

重《おも》さまで、考《かんが》えてなかったなぁ……。

貸《か》してくれればＯＫだとばかり思《おも》ってた。

どうしようかなぁ。

「――そこで相談《そうだん》なんだけどさ」

部長《ぶちょう》が、前《まえ》のめりになる。

「うちさ、今年《ことし》はガチ全力《ぜんりょく》で、劇《げき》しようと思《おも》ってるんだよね。でも、お客《きゃく》さんが毎年《まいとし》そこそこなんだ」

「はい？」

「で、だ。台《だい》をランウェイ風《ふう》に運《はこ》んで、終《お》わった後《あと》、うちが使《つか》うっていう流《なが》れはどう？　イケカジ部《ぶ》が前座《ぜんざ》として、お客満席《きゃくまんせき》にしてくれるってことなら、ぜひ協力《きょうりょく》しちゃうんだけどな」

「前座《ぜんざ》……ま、満席《まんせき》、ですか？」

「そ。イケカジ部《ぶ》って、なにかしらイベントやると、いつも成功《せいこう》させてるじゃない？　うちも恩恵《おんけい》にあやかりたいわけよ」

「はぁ……」

「あと、生徒会《せいとかい》にかけあって順番《じゅんばん》をイケカジ部《ぶ》のあと、演劇部《えんげきぶ》にしてきてもらえる？　それができたら、台《だい》を貸《か》して、運《はこ》ぶのもやってあげる」

「なるほど……」

それなら、アリ……かな。

ただ、満員《まんいん》にしなきゃいけないって条件付《じょうけんつ》きなんだよね。

できるかな？

「満員《まんいん》って講堂《こうどう》を、ですよね？」

「そうよ」

「ランウェイや大道具《おおどうぐ》なんかが入《はい》っても、ゆうに５００人《にん》は入《はい》る講堂《こうどう》ですよね？」

「そうよ、何度《なんど》言《い》わせるの」

部長《ぶちょう》が笑《わら》いながら言葉《ことば》をつづけた。

「まあ、絶対《ぜったい》に満席《まんせき》でなきゃダメ、なんてことは言《い》わないからさ。それに、読《どく》モのアオイがファッションショーに出《で》るとなれば、満員《まんいん》なんて簡単《かんたん》よ。よろしくね！」

「部長《ぶちょう》もこう言《い》ってるし、立川《たちかわ》さん、よろしく～♪」

部長《ぶちょう》とみくちゃん、そう言《い》うと稽古《けいこ》にもどっちゃった。

……あたし、その場《ば》に立《た》ち尽《つ》くすしかなかった。

と、とりあえず、もどってみんなに報告《ほうこく》しなきゃ。

9 モデルじゃないアオイ

イケカジ部《ぶ》にもどって、事《こと》の顛末《てんまつ》をみんなに報告《ほうこく》すると。

「満員《まんいん》ってのがネックですが、まぁ、そこはどうにかなるでしょう」

って、楽観的《らっかんてき》な小夜《さよ》。

「台《だい》さえ、どうにかなってしまえば、こっちのもんですからぁ」

「ま、まぁ、そうかもしれないけど……」

「なんだかアオイちゃん、今回《こんかい》はアオイちゃんらしくありませんねぇ」

「えっ、そ、そう?」

「ファッションショーが、やりたくないんですかぁ?」

ドキッ。

「そ、そんなことないよ! 大丈夫《だいじょうぶ》、めっちゃやりたいって! じゃあ具体的《ぐたいてき》に話《はなし》を詰《つ》めてこ!」

え、えっと、あとは何分《なんぷん》のショーにするかだよね。

つまり、何枚《なんまい》の服《ふく》を見《み》せるのか。

「10着《ちゃく》くらい……かな。さすがにリメイクの服《ふく》だけじゃ、それ以上《いじょう》、変化《へんか》を付《つ》けられないかも」

「ぼくもそう思《おも》います。見《み》てる人《ひと》が、途中《とちゅう》で飽《あ》きないように考《かんが》えないと」

しのぶちゃんも同意見《どういけん》。

「ランウェイを歩《ある》いている時間《じかん》が1着《ちゃく》あたり2分《ふん》としたら、20分《ぷん》、か」

と計算《けいさん》したのは、桜庭《さくらば》くん。

「それくらいが妥当《だとう》だと思《おも》いますぅ」

でも。

考《かんが》え直《なお》したけれど、20分《ぷん》じゃ短《みじか》すぎる気《き》がする。

「でも、聞《き》いて。普通《ふつう》のファッションショーだと——」

「僕《ぼく》たち、中学生《ちゅうがくせい》だよ？　服《ふく》を作《つく》る以外《いがい》に、はじめてショーもやるんだ。余裕《よゆう》がないと無理《むり》だよ。

着替《きが》えにだって、時間《じかん》がかかるし……」

桜庭《さくらば》くんの言葉《ことば》に、ハッとなる。

そうだった。

あたし、手元《てもと》の企画書《きかくしょ》に目《め》を落《お》とす。

どう考《かんが》えても、人数《にんずう》が足《た》りない。

照明《しょうめい》に2人《ふたり》。

着替《きが》えの手伝《てつだ》いに、最低《さいてい》でも1人《ひとり》。

ヘアメイクに1人《ひとり》。

残《のこ》るは……モデル。

今《いま》いるイケカジ部《ぶ》のメンバーは6人《にん》。

真琴《まこと》を入《い》れても7人《にん》。

……ぜんぜん、人《ひと》が足《た》りない。

照明《しょうめい》は、身長《しんちょう》の低《ひく》いレナレオにはたのめない。

なぜなら、高《たか》いところからモデルに照明《しょうめい》を当《あ》てたいからだ。

かといって、台《だい》を使《つか》うと転落《てんらく》の恐《おそ》れがあるから危《あぶ》ないだろう。

ということは、この2人《ふたり》はモデルだ。

双子《ふたご》だから、きっと、舞台映《ぶたいば》えするだろうしね。

それから、デザイナーであるしのぶちゃんには、絶対《ぜったい》に着替《きが》えをたのまなきゃいけないはず。

真琴《まこと》は陸上部《りくじょうぶ》の練習《れんしゅう》がメインだから、参加《さんか》できるとしても、練習《れんしゅう》が最低限《さいていげん》のモデルになるだろう。

バランスを考《かんが》えて、男子《だんし》のモデルも必要《ひつよう》だから、桜庭《さくらば》くんはモデルになる。

どうしよう、あとヘアメイクと照明《しょうめい》が…………って。

(あ……なんだ……)

あたし、ここで気《き》づいた。

(あたしがやればいいんだ……)

「やっぱり、モデルはアオイちゃんだよね、あと——」

そのとき、はずんだ声《こえ》で言《い》ったレオくんの言葉《ことば》を、あたしはさえぎった。

「待《ま》って、あたしはモデルやらないから」

みんなが、いっせいにあたしを見《み》る。

小夜《さよ》が首《くび》をかしげる。

「アオイちゃんがモデルをやらないなんてぇ……」

「いいの！　あたし、モデルにはならないから！」

「…………！」

みんなが、あたしを見《み》て息《いき》を呑《の》む。

あたしは、むりやり笑《え》みを浮《う》かべた。

「あたしね、モデルはあきらめたんだ」

はっきりと、宣言《せんげん》する。

ちゃんと、みんなの顔《かお》を見《み》まわして。

大事《だいじ》なことだから、もう1回《かい》。

「――モデルには、ならないの」

絶句《ぜっく》していたみんなに、あたしの真剣《しんけん》さが伝《つた》わったみたい。

おたがいに顔《かお》を見合《みあ》わせて、どうしたらいいか分《わ》かんないような顔《かお》してる。

あー、もうこんな顔《かお》させたくなかったのにっ！

「だ、だからねっ、ちょうどいいよ、あたしが裏方《うらかた》やれるし！　それに、部長《ぶちょう》って忙《いそが》しいんだから。舞台《ぶたい》に乗《の》ってるばあいじゃないって！」

「……」

「その代《か》わり、みんながモデルやってよね？　ＯＫ？」

「は、い……」

「大丈夫《だいじょうぶ》だって！　そんな顔《かお》しなくても、みんなカワイイんだからっ！」

「で、でも、アオイちゃん――」

レオくんがなにか言《い》いかけたのを、小夜《さよ》が目《め》で制止《せいし》する。

「あたしの話《はなし》は、これでおしまいっ！　さ、役割分担《やくわりぶんたん》しちゃお」

「でも……」

「――レオくん」

そのとき、小夜《さよ》がレオくんにむかって、アイコンタクトをした。

やっと、おとなしくなってくれたレオくん。

よかった。これ以上《いじょう》、なにか言《い》われても、こまるだけだもん……。

「とりあえず、モデルは、レナレオと桜庭《さくらば》くん、それと真琴《まこと》かな！　照明《しょうめい》には、小夜《さよ》とあたし、着替《きが》えセットにしのぶちゃん。あと、あたしはヘアメイクも兼任《けんにん》するね！」

みんなが微妙《びみょう》な顔《かお》してるけど、話《はなし》を進《すす》めちゃう。

「いいでしょ？」

「それが、適任《てきにん》ですかねぇ……」

「じゃあ、これで決《き》まりだねっ！　企画書出《きかくしょだ》してくる！」

コンコン

ノックをしてから、生徒会室《せいとかいしつ》へと入《はい》っていく。

「本当《ほんとう》に、どうしちゃったの、立川《たちかわ》さん」

と、ふわふわくんに言《い》われちゃう。

「どうもしないよ。普通《ふつう》でしょ、普通《ふつう》」

「これが立川《たちかわ》さんじゃなかったら、普通《ふつう》なんだけど。あ、それ企画書《きかくしょ》？」

「うん、再提出《さいていしゅつ》に来《き》た」

「見《み》せてもらえる？」

「はい。今日《きょう》もふわふわくん、1人《ひとり》なんだね」

「みんな、企画書《きかくしょ》をうけとりに回《まわ》ってる。出《だ》してくれない部《ぶ》が多《おお》くてね」

「そうなんだ……」

ふわふわくんの前《まえ》に立《た》って、読《よ》み終《お》わるのを待《ま》ってるあたし。

「うん………いいんじゃないかな」

「ほんと？」

「うん。ただ、これ、どういうこと？」

「ん？」

あ、演劇部《えんげきぶ》の前《まえ》にしてくださいって書《か》いたやつだ。

説明《せつめい》を書《か》きわすれちゃってた。

口頭《こうとう》で説明《せつめい》する。

「なるほどね……イケカジ部《ぶ》のショーを、演劇部《えんげきぶ》の前座《ぜんざ》にするってわけか」

「そう。ダメかな？　うちじゃ、台運《だいはこ》べないし」

「win《ウィン》‐win《ウィン》の関係《かんけい》にしたいってことね」

「？」

「いや、演劇部《えんげきぶ》は満員《まんいん》の中《なか》で劇《げき》ができる、イケカジ部《ぶ》は舞台設営《ぶたいせつえい》しなくてもショーができる、おたがい、うまい関係《かんけい》ってこと」

「うん、それ！」

「いいんじゃないかな。ダメな理由《りゆう》はないし、講堂使《こうどうつか》う部《ぶ》も少《すく》ないしね」

「やったー！」

「でも……らしくないね」

企画書《きかくしょ》から目《め》をあげて、ふわふわくんがじっと見《み》てくる。

「え？」

「読《どく》モのアオイが、モデルをやらないなんて、さ」

「そっ、それはっ…………あたし、部長《ぶちょう》だしっ！　裏方《うらかた》だって、ちゃんとやるからっ！」

そう言《い》って、あたし、生徒会室《せいとかいしつ》をあとにした。

よーし、あとはリメイクをがんばるだけだっ！

10 力《ちから》を合《あ》わせて

翌日《よくじつ》から、あたしたちイケカジ部《ぶ》は、文化祭《ぶんかさい》の準備《じゅんび》に大忙《おおいそが》しだった。

まずは、リメイクに使《つか》える服《ふく》の調達《ちょうたつ》。

「もう着《き》ない服《ふく》を集《あつ》めよう！」

って言《い》いだしたあたしに、桜庭《さくらば》くんが申《もう》し訳《わけ》なさそうに口《くち》を開《ひら》く。

「僕《ぼく》、そんなに枚数《まいすう》、持《も》ってないんだけど……持《も》ってても同《おな》じようなのばかりで」

へえ、意外《いがい》。

お母《かあ》さんがファッション誌《し》の編集者《へんしゅうしゃ》だから、たくさん持《も》ってるかと思《おも》った！

「サイズダウンした服《ふく》って、どうしてます？」

そう聞《き》いたのは、しのぶちゃんだった。

「タンスの肥《こ》やしになってるかな」

「それ持《も》ってきてください。サイズアップできますから！」

「そうなの？」

「はいっ！」

「じゃあ、持《も》ってくるよ」

「持《も》ってるけどあまり着《き》てない服《ふく》があったら、それもお願《ねが》いしますっ」

「せんぱーい」

今度《こんど》はレナちゃんが手《て》を上《あ》げる。

「季節《きせつ》はずれの服《ふく》でもいいんですか〜？　たとえば、着《き》なくなったコートとかー夏《なつ》のワンピとか」

「もちろん」

「えっ、いいの!?」

聞《き》き返《かえ》しちゃったのは、あたし。

「四季折々《しきおりおり》のファッションショーで行《い》きましょう。そのほうが見《み》ていて、楽《たの》しいでしょうし」

おっ。

なんだか、しのぶちゃんの中《なか》ではテーマが決《き》まりつつあるみたい。

「よっし、そうだね。今回《こんかい》のまとめ役《やく》は、しのぶちゃんに任《まか》せちゃお！」

「え？」

「だって、服飾《ふくしょく》だし。コーディネートはあたしも手伝《てつだ》えるけど、全体《ぜんたい》のとりまとめは、やっぱりデザイナーのしのぶちゃんが適任《てきにん》だと思《おも》って」

「そ、そんな……ぼくなんて、まだまだ」

「あたし、演劇部《えんげきぶ》とのやり取《と》りもあるし、クラスの委員《いいん》もやってるから、しのぶちゃんがまとめてくれるとありがたいのっ！」

押《お》し付《つ》けてるわけじゃないよ？

しのぶちゃんが、なんだか生《い》き生《い》きしてるように見《み》えたから。

「じゃ、じゃあ……やってみます！」

「ありがと！」


各自《かくじ》の家《いえ》から、服《ふく》を持《も》ってきたあたしたち。

真琴《まこと》にも伝《つた》えてあったので、けっこうな量《りょう》が手《て》に入《はい》った。

真琴《まこと》いわく、

「おねえたちが、たくさんくれたんだ。当日《とうじつ》、見《み》に来《く》るってさー」

というわけで。

「これだけあれば、10着以上《ちゃくいじょう》は楽勝《らくしょう》で作《つく》れるねー」

あたしが服《ふく》を見《み》まわしながら言《い》うと、レオくんが首《くび》をかしげながら聞《き》いてきた。

「リメイクしなくても、コーディネートだけでいけるんじゃないの？」

「イケカジ部《ぶ》なんだから、リメイクすることに意味《いみ》があるんだってば」

「オレ、失敗《しっぱい》したらって不安《ふあん》なんだよ～」

たしかにね。

こんなに山《やま》ほどあっても、失敗《しっぱい》したら使《つか》えなくなっちゃうって考《かんが》えたら不安《ふあん》だよね。

「ミシンの使《つか》い方《かた》も教《おし》えるし、しのぶちゃんもリメイクしやすいように考《かんが》えてくれるから大丈夫《だいじょうぶ》だよ」

「だと、いいんだけどさ……」

レオくん、子犬《こいぬ》のようにシュンとなってる。

わかるなー。

あたしも、浴衣《ゆかた》リメイクしたとき、不安《ふあん》だったもん。

「アオイちゃーん！」

離《はな》れた場所《ばしょ》で、しのぶちゃんが呼《よ》んでる。

「なに？」

あたし、駆《か》け寄《よ》っていくと、しのぶちゃんが数枚《すうまい》のデザイン画《が》を見《み》せてくれた。

「これ、こんな風《ふう》にしたいんですけど……」

「うんうん、かわいいと思《おも》う」

「追加《ついか》で、布《ぬの》の買《か》い出《だ》しってＯＫですか？」

「いいんじゃない？」

「部費《ぶひ》あります？」

「あ……」

えーっと。

一弥《かずや》、どうしてたっけな……。

あたし、あわてて一弥《かずや》が整理《せいり》してた棚《たな》をさがす。

部活《ぶかつ》の日誌《にっし》とか、部費《ぶひ》のことが書《か》いてあるノートを探《さが》してみる。

（たしか、ここらへんに……）

あ！

あった。

ペラペラとページをめくってみる。

心配《しんぱい》そうに、桜庭《さくらば》くんがあたしの横《よこ》にやってきた。

「大丈夫《だいじょうぶ》？」

「うん、今《いま》、確《たし》かめてるとこ」

「あ、大丈夫《だいじょうぶ》じゃない？　ここ」

「ほんとだ、けっこう残《のこ》ってる」

残《のこ》ってるのは、分《わ》かったものの……。

部費《ぶひ》って、どこにあるんだろ？

この部室《ぶしつ》のどこか？

部室《ぶしつ》を探《さが》そうとし始《はじ》めたら、桜庭《さくらば》くんがフッと笑《わら》った。

「部費《ぶひ》は多分《たぶん》、顧問《こもん》の先生《せんせい》が預《あず》かってると思《おも》うよ」

「あ、そうだよね……」

そうだよ。

部室《ぶしつ》にお金《かね》があったら、盗《ぬす》まれちゃうじゃん。

あたし、アホだなぁ……。

「もう少《すこ》し、デザイン煮詰《につ》めたら、布《ぬの》の買《か》い出《だ》しに行《い》きたいです」

「うん、分《わ》かった。先生《せんせい》にそう伝《つた》えとく！」

そう、しのぶちゃんと話《はな》して、あたしたちは服《ふく》の山《やま》のコーディネートへともどっていく。

どんな組《く》み合《あ》わせなら、いいのか。

それを、どんな風《ふう》に変《か》えていくのか。

みんなも積極的《せっきょくてき》に話《はな》し合《あ》いに参加《さんか》して、それを生《い》かしてしのぶちゃんがまとめていく。

なんたって、着《き》るのはモデルさんだからね。

着《き》る人《ひと》の意見《いけん》は大事《だいじ》。

「四季《しき》を表現《ひょうげん》ってことは、音響《おんきょう》とナレーションも必要《ひつよう》ですよねぇ」

小夜《さよ》が心配《しんぱい》そうにつぶやいた。

「だれがやりますぅ？」

「あたし、やるよ」

とっさについて出《で》た言葉《ことば》。

「えっ、アオイちゃん、メイクもやるんでしょう？　できますかぁ？」

「マイクがあるなら、メイクとかで動《うご》きながらでもナレーションはできるでしょ？」

「そ、それはそうですけどぉ……」

「部長《ぶちょう》なんだし、それくらいこなせるって！」

「…………」

「ナレーションの文面《ぶんめん》、考《かんが》えとくね！」

「なら、いいんですけどぉ……」

小夜《さよ》、すっごく心配《しんぱい》そうにあたしを見《み》てる。

大丈夫《だいじょうぶ》だって！

「音響《おんきょう》は練習次第《れんしゅうしだい》かな。音楽《おんがく》に合《あ》わせて、歩《ある》く。ズレないようにすれば、音楽流《おんがくなが》しっぱなしでいけるでしょ」

「そうですねぇ……」

「忙《いそが》しくなってきたぞー！」

「なるべく早《はや》く、服《ふく》、仕上《しあ》げないとですね」

そう言《い》ったしのぶちゃん、すごく楽《たの》しそうだった。

11
しのぶちゃんの夢《ゆめ》

数日後《すうじつご》、なんとしのぶちゃんは全部《ぜんぶ》の服《ふく》のデザインを仕上《しあ》げてきた。

「はやっ！」

「楽《たの》しかったですよー」

笑顔《えがお》で答《こた》えるしのぶちゃん。

「見《み》せてっ！」

デザインを見《み》せてもらう。

全部《ぜんぶ》の服《ふく》が生《う》まれ変《か》わってるのに、よく見《み》てみると、ムリのないリメイクなんだ。

技術不足《ぎじゅつぶそく》を、アイデアでカバーしてる。

めちゃくちゃイイ感《かん》じだった。

どこをどういう風《ふう》にリメイクするかの指示《しじ》も、ちゃんと書《か》いてある。

これなら、今《いま》すぐにでもみんなにわたして、リメイクを開始《かいし》することも可能《かのう》だった。

「しのぶちゃん、徹夜《てつや》とかしてない？　大丈夫《だいじょうぶ》？」

「楽《たの》しくて、夜《よる》、寝《ね》てられませんでした。描《か》く手《て》が止《と》まらない感《かん》じで……」

「そっか」

あたしもそうだったな。

夢《ゆめ》にむかってがんばっているときって、時間《じかん》を忘《わす》れちゃうんだよね。

……なんか、しのぶちゃんがまぶしい。

うらやましいな。

そういう風《ふう》になれて。

チクンと胸《むね》が痛《いた》む。

そのとき、

「アオイちゃん。布《ぬの》の買《か》い出《だ》し、今日《きょう》、行《い》きませんか？」

「あ……うん。そうだね」

みんなには、リメイクの分担《ぶんたん》をどうするか話《はな》し合《あ》ってもらっている間《あいだ》に、あたしとしのぶちゃんは買《か》い出《だ》しへ出《で》ることにした。

その帰《かえ》りのできごとだった。

2人《ふたり》でたくさんの布地《ぬのじ》を持《も》っているときに、しのぶちゃんがおそるおそる聞《き》いてきたのだ。

「アオイちゃん……」

「なーに？　重《おも》い？　もうちょっとあたし持《も》てるよ」

「いえ、大丈夫《だいじょうぶ》ですけど……あの」

「うん？」

しのぶちゃん、なんだか言《い》いにくそう。

なんだろう。

「真琴《まこと》と、なんかあった？」

「え!?　いいえ、そっちは問題《もんだい》ないんですけど」

「おー、よかった。順調《じゅんちょう》なんだね」

って言《い》うと、ほんのりとしのぶちゃんの両頬《りょうほほ》が赤《あか》くなる。

かわいいんだよなあ。

真琴《まこと》とも、すごくなかよしだし。

きっと、うまくいってるんだね。

「えっと、言《い》いたかったのは、そうじゃなくって」

としのぶちゃんが話題《わだい》を変《か》える。

「――あの、アオイちゃん。本当《ほんとう》に、止《や》めるんですか？」

「なにを」

「モデルです。本当《ほんとう》に、あきらめちゃうんですか？」

あっ。

その話《はなし》か……。

そりゃ、言《い》いだしにくいよね。

でも、あたしだって、あまり話《はな》したくないよ。

「うん、もう決《き》めたの。やめよ、その話《はなし》」

そのとき、ビュウと強《つよ》い風《かぜ》が吹《ふ》きぬけた。

しのぶちゃんの口《くち》に、髪《かみ》がかかる。

「しのぶちゃん、口《くち》に髪《かみ》、かかってるよ」

そう言《い》って、髪《かみ》を直《なお》してあげた、そのとき。

しのぶちゃんの頬《ほほ》の上《うえ》、こめかみあたりに、アザができていることに気《き》づく。

「……しのぶちゃん、アザ、できてる。どうしたの？」

転《ころ》んでできたようなアザじゃない。

だれかに殴《なぐ》られたような、そんなアザ。

「あは、見《み》られちゃいましたか……」

しのぶちゃん、照《て》れくさそうにアザを隠《かく》した。

「どうしたの、それ」

「今《いま》、父親《ちちおや》とバトル中《ちゅう》で」

「バトルって……！」

「進路調査票《しんろちょうさひょう》がきっかけで。アオイちゃんのクラスでも配《くば》られたでしょう？」

「うん……」

「あれで、ちょっと揉《も》めまして」

しのぶちゃんが、微笑《ほほえ》みながら言《い》う。

「服飾《ふくしょく》コースって書《か》いて提出《ていしゅつ》したんです。父親《ちちおや》に相談《そうだん》もなしに」

「………」

「そしたら、もう、えらい剣幕《けんまく》で怒《おこ》られちゃって」

「そうなんだ……」

「でも、今回《こんかい》は負《ま》けませんよ！　母《はは》も姉《あね》も、味方《みかた》してくれているんで、絶対《ぜったい》に押《お》し通《とお》します！」

そう言《い》い切《き》ったしのぶちゃんは、かっこよかった。

もう一度《いちど》、風《かぜ》が吹《ふ》いて、アザが見《み》えたけど。

それすら、かっこいい。

「がんばるんだね」

「ぼく自身《じしん》の、将来《しょうらい》のことですから。父親《ちちおや》が怖《こわ》いからなんて理由《りゆう》じゃ、絶対《ぜったい》にあきらめられないってわかったんです」

そう言《い》って、ニコッと笑《わら》うしのぶちゃん。

「だから、理解《りかい》してもらえるまで、がんばります。今《いま》、殴《なぐ》られたっていいんです」

しのぶちゃんは言葉《ことば》をつづけた。

「でも、真琴《まこと》さんにはナイショにしてください。心配《しんぱい》かけたくないので」

「……分《わ》かった」

「さ、もどりましょう」

しのぶちゃんが先《さき》に立《た》って歩《ある》きだす。

その背中《せなか》は、ひとまわり、大《おお》きく見《み》えた。

あたし、そんなしのぶちゃんのうしろをついていく。

しのぶちゃんの背中《せなか》を見《み》ながら、なんだかおいてけぼりの気持《きも》ちになった。

なんだか分《わ》からないけど、そんな気持《きも》ちになったのだ。

いかん、いかん！

部長《ぶちょう》がそんなんじゃダメでしょ！

首《くび》を横《よこ》に振《ふ》って、暗《くら》い気持《きも》ちを吹《ふ》き飛《と》ばす。

駆《か》け足《あし》で追《お》いついて、あたし、しのぶちゃんの背中《せなか》をポンとたたいた。

「……しのぶちゃん、すごいねっ！　よーし、しのぶちゃんの夢《ゆめ》のためにも、あたし、精《せい》いっぱいがんばるからねっ！　しのぶちゃんも、服飾《ふくしょく》の手腕《しゅわん》をおもいっきり発揮《はっき》してね！」


もどって早々《そうそう》、リメイク開始《かいし》！

なかなかミシンがうまく使《つか》えないレナレオ。

レナちゃんはまだマシなほうで、使《つか》い方《かた》を教《おし》えればのみ込《こ》みは早《はや》かった。

ほんと、あたしより使《つか》い方覚《かたおぼ》えるの早《はや》い！

「これでいいんですか～？」

「うん、それでいいの。リメイクだし、思《おも》い切《き》ってザクッと切《き》っちゃってね」

「怖《こわ》いなぁ～……」

そう言《い》いながらも、手《て》を動《うご》かしていくレナちゃん。

それに対《たい》して、ミシンの前《まえ》で固《かた》まってるレオくん。

うーん、こっちは教《おし》えていくのが難《むずか》しいなぁ。

「ミシンなんて、小学生《しょうがくせい》のときにエプロン作《つく》って以来《いらい》だよ」

「でも、そのときはちゃんと作《つく》れたんでしょう？」

「いやぁ～……」

そう言《い》いながら、横《よこ》にいるレナちゃんを見《み》てる。

「て、手伝《てつだ》ってもらったのかぁ……」

「まぁ……うん」

「そっか」

ガックシ。

じゃあ、本当《ほんとう》に初心者《しょしんしゃ》なんだ。

ミシンの準備《じゅんび》は、あたしがするとしても……やるのは、レオくんだもんな。

「とりあえず、ここを切《き》って、この布地《ぬのじ》を縫《ぬ》い合《あ》わせてくれる？」

「やれるかなぁ？」

「分《わ》からなくなったら聞《き》いて！」

「はぁーい」

レオくんの返事《へんじ》を聞《き》いて、あたしは自分《じぶん》の持《も》ち場《ば》にもどる。

簡単《かんたん》な作業《さぎょう》だから、大丈夫《だいじょうぶ》だよね。

――が。

数分後《すうふんご》にレオくんから、泣《な》きのお呼《よ》びがかかった。

「アオイちゃーんっ！」

「あー、はいはいっ！」

自分《じぶん》の縫《ぬ》いかけを放置《ほうち》して、レオくんのところへ駆《か》けていく。

「からまって、よれちゃったよぉ！」

「あー、これはほどいて一からやり直《なお》さないとダメだねぇ……」

糸切《いとき》りバサミを手《て》に、パチンパチンと糸《いと》を切《き》っていく。

ものすごくからまっちゃってて、糸《いと》を切《き》るのも一苦労《ひとくろう》。

「あ……」

「ど、どうしたの？」

レオくんが不安《ふあん》そうな顔《かお》で、あたしの顔《かお》をのぞきこんでくる。

しまった……。

布地《ぬのじ》まで切《き》ってしまった……。

「え、えっと、レオくん、ちょっと待《ま》っててね……しのぶちゃーんっ！」

あたし、しのぶちゃんのほうに走《はし》っていく。

「ごめん、布地《ぬのじ》まで切《き》っちゃったんだけど……これ、どうしよう」

しのぶちゃんは作業《さぎょう》している手《て》を一旦《いったん》止《と》めて、絡《から》んでいる糸《いと》とよれた布地《ぬのじ》を見《み》てくれた。

「ちょっと切《き》っちゃっただけなら、切《き》った部分《ぶぶん》をぬいしろにして縫《ぬ》えば大丈夫《だいじょうぶ》ですよ。とりあえず、それ、ほどいちゃいましょう」

そう言《い》って、あたしがやるよりも早《はや》く、からんでいる糸《いと》をほどいていく。

それから、チャコペンでぬいしろをわかりやすく書《か》いてくれた。

「これで大丈夫《だいじょうぶ》だと思《おも》います」

「ありがとう！　助《たす》かったー」

布地《ぬのじ》を持《も》って、レオくんのもとへもどっていくあたし。

「これで大丈夫《だいじょうぶ》だって。今度《こんど》は布《ぬの》をピンと張《は》って、ゆっくり縫《ぬ》えば失敗《しっぱい》しないよ」

「ゆっくり？」

「ここにスピードのメモリがあるでしょ？　それを一番《いちばん》ゆっくりにするの」

「な、なるほど。分《わ》かった！　やってみる！」

レオくんが再開《さいかい》したのを見計《みはか》らって、あたし、自分《じぶん》のミシンのもとにもどる。

その横《よこ》で作業《さぎょう》していた小夜《さよ》と目《め》が合《あ》った。

「ん？」

「アオイちゃん……」

「なに？」

「いえ……大丈夫《だいじょうぶ》ですか？」

「なにが？」

「…………なんでもないです」

「なによー」

「作業《さぎょう》、もどりましょう。２年生《ねんせい》のほうが量《りょう》が多《おお》いですし」

「そ、そうだね」

12 ガッカリされちゃった？

「はー、疲《つか》れたな……」

ミシンの前《まえ》で、肩《かた》をトントンたたくあたし。

部活《ぶかつ》の時間《じかん》だけじゃ足《た》りなくて、週末《しゅうまつ》に家《いえ》に持《も》ち帰《かえ》って作業《さぎょう》してるんだ。

もちろん、家《いえ》にミシンがない上《うえ》に、1人《ひとり》で作業《さぎょう》するのはまだ自信《じしん》がないレナレオは除外《じょがい》。

あたしとしのぶちゃんと小夜《さよ》と桜庭《さくらば》くんが、週末《しゅうまつ》に作業《さぎょう》してる。

「ちょっと休憩《きゅうけい》しよっと」

トイレに行《い》った帰《かえ》りに、鏡《かがみ》をのぞきこむ。

（そういえば……）

ひさびさに、鏡《かがみ》を見《み》た気《き》がする。

目《め》の下《した》にはクマ。

髪《かみ》の毛《け》も、適当《てきとう》にうしろでまとめただけで、みっともないほつれ毛《げ》が出《で》てた。

……………でも、まぁ、いいや。

どうせ直《なお》したって、だれも見《み》てないし。

夢中《むちゅう》で作業《さぎょう》してるうちに、またすぐ乱《みだ》れちゃうもん。

邪魔《じゃま》にならなければ、どうでもいい。

もちろん、目《め》の下《した》のクマだって、別《べつ》にかまわない。

だって、もう外見《がいけん》なんか気《き》にしなくていいもん。

今《いま》までやっていたスキンケアも、爪《つめ》のケアもしなくなったし、身長《しんちょう》を伸《の》ばすためのサプリも摂《と》らなくなった。

ストレッチもやってない。

その時間《じかん》を全部《ぜんぶ》、イケカジ部《ぶ》につぎ込《こ》んでいる。

今《いま》は……なによりも、文化祭《ぶんかさい》が最優先《さいゆうせん》だもんね！

ショーの練習《れんしゅう》の時間《じかん》も考《かんが》えると、この週末《しゅうまつ》のうちに、最低《さいてい》でも2着《ちゃく》は仕上《しあ》げないと！

そう意気込《いきご》んで、あたしは部屋《へや》へともどっていく。

「アオイ……少《すこ》し、休《やす》んだほうが――」

背中《せなか》に、パパの声《こえ》がかかるけど。

「いいの！　今《いま》、がんばってるんだから邪魔《じゃま》しないでっ！」

あたしは、あたしに期待《きたい》してくれている人《ひと》のためにがんばるんだっ！


「アオイちゃーん、そろそろ帰《かえ》りますよぉ。下校時間《げこうじかん》ですぅ」

小夜《さよ》の声《こえ》が聞《き》こえる。

集中《しゅうちゅう》していたあたし、ミシンから顔《かお》を上《あ》げた。

週明《しゅうあ》けのイケカジ部《ぶ》は忙《いそが》しい。

今週中《こんしゅうちゅう》には半分《はんぶん》の服《ふく》のリメイクを終《お》わらせなきゃならない。

なのに、できているのは、まだほんの数着《すうちゃく》。

「先《さき》、帰《かえ》ってて。これ、あと少《すこ》しで終《お》わりそうなのー」

「そうですかぁ……じゃあ、あまり無理《むり》せずにですよぉ」

そう言《い》って、小夜《さよ》が家庭科室《かていかしつ》から出《で》ていく。

ポツンと1人《ひとり》。

カタカタカタカタカタカタカタカタカタカタカタカタカタカタカタ……

ミシンの音《おと》だけが響《ひび》いている。
「終《お》わったー！」
デニムのミニスカートに、２段《だん》のフリルをつけたリメイクスカート。
「うんっ、かわいいっ！」
これはレナちゃんが着《き》る服《ふく》。
着《き》ているところを想像《そうぞう》してみる。
うん、絶対《ぜったい》、似合《にあ》う。
上《うえ》、ジャケットがいいなーって、しのぶちゃんとも話《はな》してたんだよね。
甘辛《あまから》コーデっていうの？
そういうの、いいよねって。
髪型《かみがた》もポニーテイルにして、ちょっとメタリックな感《かん》じにしてみるのもアリかも。
目元《めもと》にラメ入《い》れてさ。
アリだな、うんうん。
あたし、やっぱり服好《ふくす》きだな……。
完成BOX《かんせいボックス》に縫《ぬ》い終《お》わった服《ふく》を入《い》れて、帰《かえ》り支度《じたく》をするあたし。

家庭科室《かていかしつ》がちゃんと片付《かたづ》いているかチェックしてから、1人《ひとり》ぼっちで出《で》る。

「あれ？　立川《たちかわ》さん、1人《ひとり》？」

昇降口《しょうこうぐち》のところで、声《こえ》をかけられて、ふりむくと。

市村《いちむら》くんだった。

「市村《いちむら》くんこそ、1人《ひとり》？　いつも、いっぱいで帰《かえ》ってるのに」

「あはは。文化祭《ぶんかさい》の準備《じゅんび》でバラバラなんだよねぇ」

靴《くつ》を履《は》き替《か》えながら、市村《いちむら》くんが言葉《ことば》をつづける。

「途中《とちゅう》までいっしょに帰《かえ》ろっか」

「うん！」

「まじ？　やった、ラッキー」

なんて、市村《いちむら》くんが言《い》うから、あたしはアハハって笑《わら》ってしまった。

いつも、楽《たの》しい人《ひと》だなあ。

並《なら》んで歩《ある》くあたしたち。

身長差《しんちょうさ》、すごくアンバランス。

やっぱり、すごく背《せ》がたかいんだよね。

「バスケ部《ぶ》は、なにをするの？」

「うちは毎年恒例《まいとしこうれい》で、焼《や》きそば」

「へぇ……意外《いがい》！」

「焼《や》きそばって炒《いた》めるのに腕《うで》の筋肉《きんにく》使《つか》うから、バスケ部《ぶ》が適任《てきにん》なんだってさ。顧問《こもん》が適当《てきとう》なこと言《い》ってたよ……」

「あはは、そうなんだ？」

「オレ、そっちにかかりっきりになっちゃうからさ、クラスのほうが心配《しんぱい》」

そう言《い》って、市村《いちむら》くんは申《もう》し訳《わけ》なさそうな顔《かお》してる。

あたしも、イケカジ部《ぶ》にかかりっきりだもんな……。

「部活《ぶかつ》が忙《いそが》しい委員《いいん》だって、けっこういるみたいだし、大丈夫《だいじょうぶ》じゃないかな」

「そうかなー」

責任感強《せきにんかんつよ》いんだなー。

「そうだよ。あと、大内《おおうち》くんがいるから、大丈夫《だいじょうぶ》だと思《おも》う。今年《ことし》も実行委員《じっこういいん》になってくれたでしょ？」

「あぁ、あいつね。大内《おおうち》って、なに？　祭《まつ》り好《ず》きかなんかなの？」

って不思議《ふしぎ》そうな顔《かお》してる。

「ううん、おうちのお店《みせ》が商店街《しょうてんがい》の1軒《けん》で、商売魂《しょうばいだましい》があるっていうか……」

「あぁ……そういうことか！」

「赤字《あかじ》にしない！　とかそういうところは絶対《ぜったい》まかせられるから、あたしは安心《あんしん》してるんだ」

「確《たし》かに……準備《じゅんび》は順調《じゅんちょう》すぎるくらい順調《じゅんちょう》だよな」

大内《おおうち》くんに任《まか》せておけば、うまくいくのは去年《きょねん》で証明済《しょうめいず》みだもんね。

「よかった、ちょっとホッとしたー。立川《たちかわ》さんのほうは？　やっぱ忙《いそが》しい？」

「ん？　まぁ、文化祭前《ぶんかさいまえ》だしねー。なんで？」

「唇《くちびる》」

そう言《い》って、あたしの唇《くちびる》を指差《ゆびさ》す市村《いちむら》くん。

「荒《あ》れてるから」

「え、えっ！」

やば、見《み》られてた！

「リップ貸《か》そうか？　オレのだけど」

ほんの少《すこ》し頬《ほほ》を赤《あか》らめながら言《い》う市村《いちむら》くんに、あたしはあわてて首《くび》を横《よこ》に振《ふ》った。

「だ、大丈夫《だいじょうぶ》。自分《じぶん》のあるから」

カバンから取《と》り出《だ》して、久《ひさ》しぶりにリップをつける。

「でも、さっき会《あ》えてよかったよ」

「え？」

「立川《たちかわ》さんって、いつもすげーかわいくしてんのに、最近《さいきん》あんま……その、身《み》の回《まわ》りにかまえてない感《かん》じだから。あ、オレ、ウザイこと言《い》ってごめん、悪気《わるぎ》はないんだけど」

「う、うん、わかってる！」

「忙《いそが》しすぎるんじゃないかなって。オレに、できることないかなって思《おも》ってたんだよね」

市村《いちむら》くんが、心配《しんぱい》そうに、あたしの顔《かお》をのぞきこんでくる。

「やっぱ、忙《いそが》しいの？　そっち」

「そっちって？　イケカジ部《ぶ》？」

「ファッションショーやるんだって？」

もうウワサになってるの？

「なっ、なんで知《し》ってるの？」

「内田《うちだ》さんが言《い》ってたから」

「あ、演劇部《えんげきぶ》の……」

「そうそう。だから、今年《ことし》は客寄《きゃくよ》せがんばらなくてもいいんだーって」

イケカジ部《ぶ》が前座《ぜんざ》やるって約束《やくそく》だからね……。

でも、演劇部《えんげきぶ》でも客寄《きゃくよ》せしてくれないと、ファッションショーだけで満員《まんいん》にできる自信《じしん》ないよ……。

不安《ふあん》が顔《かお》に出《で》ていたのか、市村《いちむら》くんが満面《まんめん》の笑《え》みであたしの肩《かた》をたたく。

「心配《しんぱい》しなくて大丈夫《だいじょうぶ》だって！　立川《たちかわ》さんがモデルやるなら、絶対見《ぜったいみ》にいくやつ多《おお》いし！　オレも楽《たの》しみにしてるし！」

あっ……！

「ち、ちがうの」

あたし、フルフルと首《くび》を横《よこ》に振《ふ》った。

「なにが？　どうしたの？」

「…………あたし、今回《こんかい》、裏方《うらかた》だから」

「へ？」

市村《いちむら》くんが固《かた》まる。

「……なんで？」

すっごく不思議《ふしぎ》そうな顔《かお》してる。

「スタッフの人数《にんずう》足《た》りないとか？　バスケ部《ぶ》から手伝《てつだ》い出《だ》すよ。立川《たちかわ》さんの役《やく》に立《た》てるって、みんな絶対大喜《ぜったいおおよろこ》びするって……」

「そ、そういうんじゃないの！」

あたし、顔《かお》を上《あ》げずに、首《くび》を横《よこ》に振《ふ》る。

「じゃあ、なんで？」

「…………あ、あたしが決《き》めたの」

市村《いちむら》くんの眉間《みけん》にシワが寄《よ》った。

「モデルはもう、やらないって」

「え？　なに？　文化祭《ぶんかさい》だけじゃなくて？」

「そう！　もう、やらないの！　決《き》めたの！」

一気《いっき》に断言《だんげん》する。

「待《ま》てよ……だって、そんな」

と、市村《いちむら》くんが絶句《ぜっく》する。

なんで、そんなに市村《いちむら》くんが動揺《どうよう》するの？
関係《かんけい》ないのに。
「だ……って、立川《たちかわ》さん、オレに話《はな》したじゃん！　モデルが夢《ゆめ》だって、絶対《ぜったい》なるんだって、言《い》ってたじゃんか！」
と、強《つよ》い口調《くちょう》で言《い》われてしまう。

（そんなこと言《い》われてもな……）

困惑《こんわく》しちゃうあたし。

返《かえ》す言葉《ことば》もないよ……。

「………まじか」

しばらく黙《だま》りこんでいた市村《いちむら》くん。

次《つぎ》に口《くち》を開《ひら》いたときには、すごく落胆《らくたん》したような声《こえ》だった。

「……オレ、今《いま》の立川《たちかわ》さん、応援《おうえん》できねぇわ……」

応援《おうえん》、できない、って。

そんな……。

「そんなこと言《い》われても……あたしだって、進路変更《しんろへんこう》したってさ……」

「わかるよ。わかるんだけど。でも、……なんつーか、オレん中《なか》での立川《たちかわ》さんは、いっつも、夢《ゆめ》を追《お》っかけてるのがキラキラしてたっつーか……まぁ、いいや。オレが勝手《かって》に幻想《げんそう》ふくらませてただけなのかも」

市村《いちむら》くんの顔《かお》が、すごく落《お》ち込《こ》んで見《み》えて。

なんか、申《もう》し訳《わけ》ないような。

でも、納得《なっとく》できないような。

「……じゃあオレ、こっちだから」

顔《かお》をあげないまま、市村《いちむら》くんは手《て》を振《ふ》って去《さ》って行《い》く。

「うん、バイバイ……」

モヤモヤした気持《きも》ちを抱《かか》えたまま、家《いえ》の前《まえ》まできたところで。

ちょうど、一弥《かずや》も帰《かえ》ってきたところらしく、ドアの前《まえ》でバッタリ。

「叔父《おじ》さんとこの帰《かえ》り？」

なんて、話《はな》しかけてみる。

「まーな」

「がんばってね！」

ことさら明《あか》るく言《い》うあたしを見《み》て、一弥《かずや》はハァッと大《おお》きなため息《いき》をついた。

「な、なによ」

「……おまえはそれでいいのかよ？」

そう言《い》って、じっとあたしを見《み》てくる。

（いいも、なにも……）

「もちろん！　自分《じぶん》で決《き》めたことだし、毎日充実《まいにちじゅうじつ》してるし。すっごく忙《いそが》しいけど、楽《たの》しいよ！」

「……ふーん」

「…………」

充実《じゅうじつ》はしてる。

大変《たいへん》だけど、楽《たの》しい。

だけど。

だけど、こんなことが言《い》いたいんじゃない。

心《こころ》の底《そこ》で、もやもや、もやもや、溜《た》まってる気持《きも》ちがある。

本当《ほんとう》は、今《いま》の気持《きも》ちを聞《き》いてもらいたい。

でも、そんな都合《つごう》のいいこと……できないよ……。

うつむくと。

一弥《かずや》が近《ちか》づいてくる気配《けはい》がした。

「……髪《かみ》、くしゃくしゃだぞ」

ポンポン

頭《あたま》のてっぺんに、一弥《かずや》の手《て》のひらがかるく跳《は》ねて。

それから、一弥《かずや》が自分《じぶん》の家《いえ》の中《なか》へと入《はい》っていく音《おと》が聞《き》こえた。

一弥《かずや》には……あたしの心《こころ》の中《なか》が見《み》えてるみたい。

ポンポンされた頭《あたま》が、じんわりと熱《ねつ》を帯《お》びる。

かたくなだったあたしの、そこだけ温《あたた》かく溶《と》かされていくような……そんな感覚《かんかく》。

でも、言《い》えない。

なにも、言《い》えないよ……。

13 イケカジ部《ぶ》、大爆発《だいばくはつ》

ようやく文化祭《ぶんかさい》の前日《ぜんじつ》までやってきた。

なのに、まだでき上《あ》がってないのが何着《なんちゃく》もある状態《じょうたい》のイケカジ部《ぶ》。

今日《きょう》の午後《ごご》から、いよいよ本番《ほんばん》と同《おな》じ舞台《ぶたい》でのリハーサルを始《はじ》めなきゃならない。

なのに。

「ちょっと、レナちゃん！　なにしてるの？　今日《きょう》までに仕上《しあ》げてくるって言《い》ってたじゃない。あたしだって、昨日《きのう》はクラスのほうの仕事《しごと》やったから、徹夜《てつや》して間《ま》に合《あ》わせてきたんだよ!?」

あたしの剣幕《けんまく》に、いつも勝《か》ち気《き》なレナちゃんが、小《ちい》さくなる。

「ご、ごめんなさい……」

「レナちゃんも、できることをがんばってくれなくちゃ！」

「はい……」

どうしても口調《くちょう》が強《つよ》くなっちゃう。

なんだか、ここしばらく、イライラが募《つの》ってた。

だって、ぜんぜん、予定通《よていどお》りに進《すす》まない。

真琴《まこと》がやっぱり、あまりこちらに来《こ》られなくて、ショーの練習《れんしゅう》ができなかったり。

小夜《さよ》が文芸部《ぶんげいぶ》の同人誌用《どうじんしよう》の小説《しょうせつ》の〆切《しめきり》とかぶったらしくて、予定通《よていどお》りに衣装《いしょう》をあげられなかったり。

あせったレオくんが、ミシンを1台《だい》、調子《ちょうし》を悪《わる》くさせちゃって、修理《しゅうり》にてまどったり。

どうして、こんなにうまくいかないんだろう？

部長《ぶちょう》のあたしの力不足《ちからぶそく》？

でも、あたしだって、毎日必死《まいにちひっし》で、一生懸命《いっしょうけんめい》がんばってる。

みんなのフォローも、できるかぎりしようと思《おも》って、ここまできたのに。

これ以上《いじょう》、なにをどうしろっていうの？

文化祭《ぶんかさい》は明日《あした》からなのに。

みんなで力《ちから》を合《あ》わせていかなきゃいけないのに。

本当《ほんとう》にみんな、わかってるのかな？

「もういいよ、こっちの1枚《まい》は、今夜《こんや》あたしがやってくる。絶対《ぜったい》に明日《あした》には間《ま》に合《あ》わせなくちゃ。

レナちゃんは、他《ほか》のやって。まだあるでしょ？」

「はい……」

声《こえ》が厳《きび》しすぎるのは、わかってる。

だけど、あたしの口調《くちょう》は直《なお》らない。

雰囲気《ふんいき》がギスギスしていく。

でも、しょうがないよ。

だって、そうでしょう？

――って。


「あっ……いったぁ……！」

針《はり》で指《ゆび》を刺《さ》してしまった。

真《ま》っ赤《か》な血《ち》がツーッと流《なが》れていく。

「あー、もうっ！」

自業自得《じごうじとく》なのに、針《はり》に八《や》つ当《あ》たり。

「アオイちゃん、大丈夫《だいじょうぶ》ですか？」

「大丈夫《だいじょうぶ》っ、みんな手《て》を止《と》めないで進《すす》めてっ、時間《じかん》ないよっ！」

服《ふく》を汚《よご》さないように、あわててバンソーコーを貼《は》りながら、作業《さぎょう》しているみんなを見《み》まわす。

「みんな、絶対《ぜったい》、間《ま》に合《あ》わせようね！　あとちょっと、がんばろ!!」

声《こえ》を張《は》る。

体育会系《たいいくかいけい》の部活《ぶかつ》でも言《い》うじゃない、つらいときほど声《こえ》を出《だ》せ、って。

気持《きも》ちをひとつにするんだ。

そのために、今《いま》までがんばってきたんだもん！

返事《へんじ》は……なかった。

みんな、顔《かお》も上《あ》げずに、黙々《もくもく》と作業《さぎょう》してる。

……返事《へんじ》くらい、してくれてもいいのにな。

改《あらた》めて、ミシンを動《うご》かし始《はじ》めたけど、やり直《なお》しばかり。

時間《じかん》だけが、どんどん過《す》ぎていく。

（あーもう、早《はや》くしなきゃいけないのに！）

あせりだけが募《つの》って、うまくいかない。

それでも、なんとか服《ふく》を仕上《しあ》げていく。

時計《とけい》を見《み》た。

「あっ！　もうこんな時間《じかん》じゃん！」

あたし、パッと立《た》ちあがった。

リハーサルの時間《じかん》だった。

「みんな、リハ行《い》くよ。準備《じゅんび》して！」

今《いま》まで縫《ぬ》ってきた服《ふく》を、かき集《あつ》めてたときだった。

「――――もーやだっ！」

レナちゃんが、縫《ぬ》いかけていた服《ふく》を投《な》げ捨《す》てた。

えっ？

「な、なにしてるの!?」

「……オレもやだ」

そう言《い》って、レオくんまでミシンの手《て》を止《と》めてしまった。

ちょ、ちょっと待《ま》って。

なんで今《いま》？

もともとワガママが多《おお》かった2人《ふたり》だけど、こんなタイミングで騒《さわ》ぎを起《お》こすなんて……ありえない。

それもこれも、あたしがこれまで、2人《ふたり》を甘《あま》やかしてきちゃったせいだ……！

ここで部長《ぶちょう》として、ガッツリ言《い》わなきゃダメだ！

あたしはバタンと椅子《いす》を倒《たお》して立《た》ちあがった。

「2人《ふたり》とも、いいかげんにしなさいっ！　ワガママすぎるよ!!」

レナレオをキッと睨《にら》みつける。

そのとき。

「――――いいかげんにするのは、アオイちゃんのほうです」

声《こえ》に、ふりむくと……その言葉《ことば》は、小夜《さよ》のものだった。

……え？

あたし、かき集《あつ》めていた服《ふく》をバラバラと落《お》とした。

「さ、小夜《さよ》……？　なに言《い》ってるの？」

レナレオも、目《め》を見開《みひら》いてる。

あたし、救《すく》いを求《もと》めるように、桜庭《さくらば》くんとしのぶちゃんを見《み》た。

2人《ふたり》とも、悲《かな》しそうな顔《かお》で黙《だま》ったまま。

そんな中《なか》で、小夜《さよ》がゆっくりとあたしに近《ちか》づいてきた。

「こんなイケカジ部、イケカジ部《ぶ》じゃないです！」

「な……なに言《い》ってるの、小夜《さよ》……今《いま》、そんなこと言《い》ってる場合《ばあい》じゃないでしょ……」

「こんなときだから言《い》ってるんです！」

「リハの時間《じかん》なんだよ!?」

「リハーサルなんて、行《い》かなくていい！」

ちょ……！

「小夜《さよ》、言《い》ってることがめちゃくちゃだよ！」

小夜《さよ》が、おかしくなっちゃった！

こんなときに……こんなときなのに！

どうしたらいいんだろう。

今《いま》はただ、時間《じかん》のことだけが気《き》になって、気《き》になって……。

「しっかりしてよ、小夜《さよ》。なに言《い》ってるか、分《わ》かんない！　ここまでみんなで、がんばってきたじゃない！」

「みんなじゃないです。アオイちゃんが一人《ひとり》で、自分勝手《じぶんかって》に、走《はし》り回《まわ》ってただけです」

えっ……。

そんな……！

「そんな言《い》い方《かた》、ひどいよ……あ、あたしが今《いま》まで、なにもかも後回《あとまわ》しにして、だれよりもがんばって、文化祭《ぶんかさい》の準備《じゅんび》してきたの、知《し》ってるでしょう!?」

裏方《うらかた》も、全部《ぜんぶ》ひきうけて。

服《ふく》のリメイク作業《さぎょう》だって、だれよりも多《おお》くひきうけて。

クラスのメイドカフェのための、パウンドケーキを焼《や》くのも、イケカジ部代表《ぶだいひょう》として、1人《ひとり》でつきあった。

あたしはがんばってきたのに！

自分勝手《じぶんかって》に、走《はし》り回《まわ》ってただけ、なんて……！

「だれが、アオイちゃん1人《ひとり》に全部《ぜんぶ》やれって言《い》ったんですか？　なんで、なにもかもを後回《あとまわ》しにしなきゃいけなかったんですか？　アオイちゃんは、自分《じぶん》の問題《もんだい》にむきあいたくなくて、文化祭《ぶんかさい》を口実《こうじつ》にしただけなんじゃないですか！　勝手《かって》に忙《いそが》しくなってただけですよ！　それがダメだって言《い》ってるんです！」

……!!

「アオイちゃんは、怖《こわ》いだけでしょ！　本当《ほんとう》はやりたいことがあるのに、がんばるのが怖《こわ》いだけなんです！　逃《に》げてるんですよ！」

胸《むね》の一番奥《いちばんおく》に、突《つ》き刺《さ》さった気《き》がした。

ドキン
――がんばるのが怖《こわ》い。

「こ、怖《こわ》いって……あたしは、ただ……」

言葉《ことば》が出《で》てこない。

あたしは、ただ……。

ただ……なにが言《い》いたいんだろう。

なにが、したかったんだろう。

小夜《さよ》が、残酷《ざんこく》なほど冷静《れいせい》に、あたしにつきつけてくる。

「身長《しんちょう》が伸《の》びないせいにして、お父《とう》さんに応援《おうえん》してもらえないことを理由《りゆう》にして。自分《じぶん》の実力《じつりょく》が足《た》りないかもしれないことや、お母《かあ》さんみたいな有名《ゆうめい》なモデルにはなれないかもしれないことに、むきあいたくないだけなんでしょう!?」

「…………！」

……それは、図星《ずぼし》だった。

小夜《さよ》の言《い》うとおりだった。

でも、今《いま》は、飲《の》み込《こ》めない。

頭《あたま》の中《なか》がカッと熱《あつ》くなる。

「な……な、なんで、今《いま》、それを言《い》うのよ……？」

「小夜《さよ》は関係《かんけい》ないことは言《い》ってませんよ！」

「なんで!?　あたしの夢《ゆめ》とイケカジ部《ぶ》と、なにが関係《かんけい》あるわけ!?」

「小夜《さよ》は、一番《いちばん》そばでアオイちゃんを見《み》てきたから分《わ》かるんですっ！　そんなアオイちゃん、だれも見《み》たくないんですよっ！」

「あ、あたしの問題《もんだい》でしょ！　みんなに、関係《かんけい》ないよ！」

小夜《さよ》がひときわ大《おお》きな声《こえ》で言《い》った。

「逃《に》げてるアオイちゃんと、文化祭《ぶんかさい》やりたくないって言《い》ってるんです！」

「なっ……なによ、それ。逃《に》げてなんか……」

そうだよ。

逃《に》げたわけじゃない。

あきらめた、の。

逃《に》げるのと、あきらめたのじゃ、意味《いみ》がちがうでしょう。

あたしは、あきらめたの。

なんで、分《わ》かってくれないんだろう。

どうして、がんばらせようとするんだろう。

もうがんばりたくないって、言《い》ってるのに。

くやしさで、視界《しかい》がにじみ始《はじ》める。

そんなときだった。

「小夜《さよ》は小説《しょうせつ》の応募《おうぼ》、つづけてますよ。あの日《ひ》からずっと、書《か》いて書《か》いて応募《おうぼ》しまくってます」

そう言《い》って、スマホを取《と》り出《だ》すと、あたしの目《め》の前《まえ》に差《さ》しだしてきた。

小説《しょうせつ》の投稿《とうこう》サイト。

あたし、そっとスマホを手《て》に取《と》ると、画面《がめん》をスライドさせていく。

……酷評《こくひょう》の嵐《あらし》だった。

「……小夜《さよ》、これ……」

「そうです。こんなに酷評《こくひょう》がついても、それでも書《か》いてます」

そう言《い》うと、あたしの手《て》からスマホを取《と》りあげた。

目《め》を上《あ》げると、くやしさに目《め》をうるませた小夜《さよ》がいた。

「…………」

返《かえ》す言葉《ことば》がなかった。

小夜《さよ》は、逃《に》げずにがんばっている。

「それに真琴《まこと》ちゃんだって、ケガしても、スランプがあっても、乗《の》りこえて走《はし》りつづけてます。

しのぶちゃんだって、そうです。特進《とくしん》から服飾《ふくしょく》に進《すす》むために、お父《とう》さんとバトルしてるって聞《き》きました。桜庭《さくらば》くんや一弥《かずや》くんは、言《い》わずもがなです」

「……………」

「レナちゃんとレオくんだって、慣《な》れない家事《かじ》をすっごくがんばってます。今回《こんかい》の縫《ぬ》い物《もの》、レナちゃんとレオくんのがんばりがなかったら、到底終《とうていお》わりませんでした。みんな、未来《みらい》が分《わ》からないけれど、がんばっているんです。じゃあ、アオイちゃんは？　がんばってるって言《い》うけど、それって本物《ほんもの》のがんばりですか？　がんばるべき場所《ばしょ》で、がんばってるんですか？」

「……あ、あたしは……」


答《こた》えられない。

文化祭《ぶんかさい》の準備《じゅんび》が、あたしのがんばるべき場所《ばしょ》だって……胸《むね》を張《は》れない。

小夜《さよ》が聞《き》きたがっているのは、そんなことじゃないと思《おも》ったから。

そして……あたしの心《こころ》の底《そこ》で。

ずっとずっと、もやもやしてた、見《み》ないふりをしてたものが、ズキズキしてるから。

「アオイちゃんが、なにかから目《め》をそらすために……なにかを忘《わす》れるためにやってるイケカジ部《ぶ》なんて、ぜんぜん素敵《すてき》じゃないです！」

小夜《さよ》の言《い》ってること、分《わ》かってきちゃった。
だから、なにも答《こた》えられない。
だから、なにも言《い》えない。
ただただ、呆然《ぼうぜん》と立《た》ちつくしてるあたしの横《よこ》を、小夜《さよ》が通《とお》りすぎていく。
「——もう、帰《かえ》ります」
そう言《い》った小夜《さよ》を、呼《よ》び止《と》めることすらできなかった。
小夜《さよ》につづいて、みんなが立《た》ちあがって、カバンを持《も》ち上《あ》げる。
待《ま》って……。
待《ま》ってよ……。
思《おも》ってるのに、あたしは動《うご》けない。
1人《ひとり》、また1人《ひとり》と、出《で》ていく。
最後《さいご》に家庭科室《かていかしつ》に残《のこ》ったのは、桜庭《さくらば》くんだった。
あたしの前《まえ》で、立《た》ち止《ど》まる。
「——頭《あたま》、冷《ひ》やしたほうがいいと思《おも》う。今《いま》は」
静《しず》かな声《こえ》で言《い》って、また歩《ある》きだした桜庭《さくらば》くんの背中《せなか》を見《み》ながら。

あたしは、涙《なみだ》がボロボロとこぼれるのが、止《と》められなかった。

たった1人《ひとり》、家庭科室《かていかしつ》に残《のこ》って。

「どうしたらいいのぉ…………」

14　一弥《かずや》の努力《どりょく》

1人《ひとり》で片《かた》づけをしてから。
講堂《こうどう》に行《い》って、今日《きょう》はリハーサルはできないと頭《あたま》を下《さ》げて。
呆然《ぼうぜん》としながら、フラフラ学校《がっこう》を出《で》た、あたし。
どうしたらいいんだろう。
どうしたらよかったんだろう。
明日《あした》は……？
この先《さき》は……？
あたし、どうすればいいんだろう。
小夜《さよ》に反論《はんろん》できなかった。
作家志望《さっかしぼう》の小夜《さよ》は、だれよりも、人《ひと》のことをよく観察《かんさつ》してる。
その人《ひと》の本質《ほんしつ》を見抜《みぬ》く目《め》を持《も》ってる。

それが、作家修業《さっかしゅぎょう》なんだって。

だからあれは、厳《きび》しすぎる言葉《ことば》だったけど、友達《ともだち》として言《い》ってくれたんだ。

あたしが自分《じぶん》で見《み》ないふりをしてた、本音《ほんね》を。

あたし、逃《に》げてた。

あたし、逃《に》げてた。

そうなんだ、逃《に》げてたの、全力《ぜんりょく》で。

でも、今《いま》わかったって遅《おそ》いよね。

どうしようもないよね。

明日《あした》に迫《せま》った文化祭《ぶんかさい》も。

モデルはやめるって宣言《せんげん》しちゃった、パパにも、一弥《かずや》にも、シークレットにも。

なにもかも。

気《き》づくのが遅《おそ》すぎたんだ。

これからみんなに、どんな顔《かお》すればいいんだろう。

泣《な》きたい気持《きも》ちをこらえながら、どうにかまっすぐ歩《ある》いて行《い》く。

頭《あたま》の中《なか》がごちゃごちゃで、自分《じぶん》のこともなにもかも、もうどうでもよくなってきた……そのときだった。
「もう1枚《まい》いいですか？　うん、いい笑《え》顔《がお》ですね
ー！　あ、さっき買《か》ってたおだんご、かじってみて
くれますか？　わ、いい顔《かお》。もう1枚《まい》いきます！」
……一弥《かずや》の声《こえ》？
まさか、幻聴《げんちょう》？
こんな明《あか》るい声《こえ》、出《だ》すとこなんて、聞《き》いたことな
いもん。
周囲《しゅうい》を見《み》まわしてみる。
「かっ……一弥《かずや》!?」
それは、やっぱり一弥《かずや》だった。
いつもの一眼《いちがん》レフを、見知《みし》らぬおばあちゃんに向《む》
けて、シャッターを切《き》ってる。
「OKです！　ありがとうございます、ほんと、い
い写真《しゃしん》撮《と》らせてもらえました！」

言《い》いながら、一弥《かずや》が目《め》を上《あ》げて……あたしに気《き》づく。

「アオイ……？」

「一弥《かずや》……なにしてるの？」

「……ちょっと待《ま》ってろ」

それだけ言《い》うと、おばあちゃんに向《む》きなおった。

「ご協力《きょうりょく》、ありがとうございました！　失礼《しつれい》します！」

おばあちゃんに明《あか》るく挨拶《あいさつ》すると、踵《きびす》を返《かえ》してこっちにやってくる。

「ちょっと、こっち来《こ》い」


一弥《かずや》が足《あし》を止《と》めたのは、いつもの公園《こうえん》だった。

小《ちい》さいころから、何度《なんど》も、いっしょに遊《あそ》んだ公園《こうえん》。

もう、夕方遅《ゆうがたおそ》いから、子《こ》どもたちもいない。

ベンチに座《すわ》って、

「……ほら」

って、缶《かん》ジュースを1本差《ぼんさ》しだしてくれてから。

一弥《かずや》は話《はな》しはじめた。

「実《じつ》はさ、この1ケ月《かげつ》、ずっと、街《まち》の人《ひと》のスナップ写真《しゃしん》を撮《と》ってたんだ」

「街《まち》の人《ひと》の……？」

「そ。原宿《はらじゅく》、新宿《しんじゅく》、池袋《いけぶくろ》、巣鴨《すがも》とか、な。いろんな街《まち》に降《お》りて、いろんな年齢《ねんれい》の、いろんな人《ひと》に、いきなり声《こえ》をかけて、写真《しゃしん》を撮《と》らせてもらうんだ」

「な、なんで……？」

一弥《かずや》は、あたしのことはずっと小《ち》っちゃいころから撮《と》ってたけど。

人物写真《じんぶつしゃしん》は苦手《にがて》だって言《い》ってたのに。

「叔父《おじ》さんから『1000人《にん》の人間《にんげん》を撮《と》ってみろ』って言《い》われたんだ」

1000人《にん》!?

聞《き》き返《かえ》したあたしに、一弥《かずや》は空《そら》を見上《みあ》げて大《おお》きく息《いき》を吐《つ》いた。

「――オレは、アオイの口《くち》から『モデルにならない』って言《い》われたら、もうなにも言《い》えない」

「……うん」

「アオイのために、オレはカメラマンになろうって思《おも》った。それが、オレの夢《ゆめ》の出発点《しゅっぱつてん》だ。だけど、アオイがならないなら、オレもならない……なんて、オレは言《い》いたくない」

一弥《かずや》の横顔《よこがお》で、イヤーカフが光《ひか》ってる。

一弥《かずや》の誕生日《たんじょうび》に、あたしがあげた、イヤーカフ。

「オレはカメラマンでいたい。もっともっと、カメラがうまくなりたい。本物《ほんもの》になりたい。本物《ほんもの》の実力《じつりょく》が欲《ほ》しい。それで、叔父《おじ》さんのアドバイスをやってみようって思《おも》った」

それで……。

ああやって、1人《ひとり》1人《ひとり》に声《こえ》をかけて……撮《と》らせてもらって……？

毎日毎日《まいにちまいにち》？

それで、1000人《にん》……？

「あと少《すこ》しで目標人数《もくひょうにんずう》だから、地元《じもと》にもどってきてたってわけ」

一弥《かずや》は手《て》に、大事《だいじ》そうに一眼《いちがん》レフを持《も》っている。

「……色々分《いろいろわ》かってきたぜ。人間《にんげん》を撮《と》るのって、おもしろいな。人間《にんげん》って……おもしろいなって。ファインダー越《ご》しに、その人《ひと》の全《すべ》てが写《うつ》るんだ」

一弥《かずや》はそう言《い》い終《お》えると、カメラをあたしにむけた。

あたし、ポージングをする気力《きりょく》もなかった。

ただただ、ジャングルジムに寄《よ》りかかってるだけ。

一弥《かずや》はシャッターを切《き》らずに、カメラを下《お》ろした。

カメラを見《み》て、悲《かな》しげに微笑《ほほえ》むだけ。

「……アオイ。オレは、おまえが……おまえを撮《と》ることが、好《す》きだよ。おまえの表情《ひょうじょう》を、永遠《えいえん》にとどめておきたくて、撮《と》ってきたんだ。おまえがモデルになっても、ならなくても、その気持《きも》ちは変《か》わんねぇよ。でも――」

「……でも？」

「夢《ゆめ》をあきらめたって言《い》うおまえは、撮《と》りたくない。おまえのそんな顔《かお》、オレのカメラにはおさめたくない。オレにとって、おまえは……」

「……あたしが、なに？」

「なんでもない」

フッと笑《わら》うと、一弥《かずや》は手《て》を伸《の》ばしてきた。

おおきな手《て》のひらで、あたしの頭《あたま》をクシャクシャッと撫《な》でる。

少《すこ》し乱暴《らんぼう》で、でもその温《あたた》かい手《て》のひらが、やさしさにあふれていた。

「オレ、もうちょっとやってくから。じゃあな」

一弥《かずや》はそう言《い》って、街《まち》の中《なか》へと消《き》えて行《い》った。
小夜《さよ》が言《い》ってたように……一弥《かずや》も、がんばってる。
1000人《にん》も撮《と》るなんて、すごいこと。
そこから、極意《ごくい》を摑《つか》むなんて、もっとすごいこと。
それでも、まだもがいてる。
未来《みらい》が決《き》まりかけてる一弥《かずや》でさえ、ものすごく努力《どりょく》してる。
そして、みんなも……努力《どりょく》してる。
じゃあ、あたしは——？

15

アオイの本当《ほんとう》の気持《きも》ち

文化祭当日《ぶんかさいとうじつ》。
早朝《そうちょう》の部室《ぶしつ》。
思《おも》い切《き》ってドアを開《あ》ける。
ガランとした部室《ぶしつ》。
だれもいない。
やっぱり、あたしは1人《ひとり》っきりだ。
途中《とちゅう》で終《お》わってた衣装《いしょう》は、完成《かんせい》させてきた。
これで衣装《いしょう》は、全部《ぜんぶ》そろったことになる。
でも、1人《ひとり》ぼっちだ。
これじゃあ、なにもできない。
これじゃあ、イケカジ部《ぶ》じゃない。

昨日《きのう》、あたしを見《み》た――
みんなの怒《おこ》った顔《かお》。
みんなの悲《かな》しそうな顔《かお》。
あたしが裏切《うらぎ》っちゃった、みんなの顔《かお》。
みんなで作《つく》ったイケカジ部《ぶ》を……あたしが、この手《て》で、壊《こわ》しちゃったんだ……！
あたしがまちがったせいで、みんなが離《はな》れていっちゃったんだ……！
昨日《きのう》、痛《いた》いほど分《わ》かったことが、再《ふたた》び胸《むね》をしめつける。

「わあああん！」

1人《ひとり》ぼっちの部室《ぶしつ》で、あたしは大声《おおごえ》で泣《な》いた。
「ごめん！　みんな、ごめん〜〜〜〜っ！」
どんなに謝《あやま》っても、届《とど》かない。
あたしが、バカだったから。
あたしのせいで。
みんなのイケカジ部《ぶ》を、崩壊《ほうかい》させせちゃった……！

「わあああああ〰〰〰〰〰〰〰〰〰〰〰〰〰〰〰〰〰〰〰〰ん！」

机《つくえ》につっぷして、嗚咽《おえつ》を漏《も》らすあたしのうしろで。

カラカラカラ……という音《おと》がした。

「わああああああああああああ〰〰〰〰〰〰〰〰ん！」

「アオイちゃん？」

「わああああああああああああああ〰〰〰〰〰〰〰〰〰〰ん！」

「アオイちゃん？」

「わあああ………ふぇ？」

ふり返《かえ》ると、そこにいたのは。

「み、みんな!?」

昨日《きのう》、やだやだ言《い》ってたレナレオ。

悲《かな》しそうな顔《かお》をしていた桜庭《さくらば》くん。

しのぶちゃん。

そして、小夜《さよ》。

それに、真琴《まこと》と、一弥《かずや》。

「み、みんな……………」

小夜《さよ》が優《やさ》しい笑《え》みを浮《う》かべて言《い》った。

「…………暴走《ぼうそう》、止《と》まりましたか？」

「小夜《さよ》ぉぉぉぉぉっ！　ごめんねぇ〜〜〜〜っ！」

あたし、立《た》ちあがると小夜《さよ》に抱《だ》きついた。

「ごめん、小夜《さよ》に言《い》われたこと、全部図星《ぜんぶずぼし》だった！　ほんと、あたし、全部《ぜんぶ》から逃《に》げてた！」

「小夜《さよ》は分《わ》かってましたよ」

「……あたし、ほんとはモデルになりたい！　どうしても、どうしてもモデルになりたい！　なりたくてしょうがないの！　でも……なれるか分《わ》かんない、背《せ》も止《と》まっちゃったし、なにも始《はじ》められない、いつまでも叶《かな》わない夢《ゆめ》を見《み》てるのに疲《つか》れちゃった、怖《こわ》くなっちゃったの！　だから……だから……逃《に》げたの！　でも、やっぱりモデルになりたい！　お母《かあ》さんみたいになれなくても、モデルになりたいんだよ！　あきらめたくない!!!　ほんと、あたし、バカだった〜〜っ！

うわぁぁぁぁぁぁんっ！」

泣《な》くあたしの頭《あたま》を、優《やさ》しく撫《な》でてくれる小夜《さよ》。

でも。

なんで、みんなここに？

昨日《きのう》、バラバラになっちゃったんじゃないの？

「でも、どうして……？」

その疑問《ぎもん》を解《と》いてくれたのは、しのぶちゃんだった。

「昨日《きのう》のうちに、みんなを説得《せっとく》して回《まわ》ったんです。アオイちゃんなら、絶対《ぜったい》、昨日《きのう》のうちに気《き》づいてくれると思《おも》って。早朝《そうちょう》に集《あつ》まろうと真琴《まこと》さんと話《はな》し合《あ》って。小夜《さよ》さんを連《つ》れてきてくれたのは、真琴《まこと》さんですよー」

「真琴《まこと》……ありがとぉ～～～」

「あんた、泣《な》きすぎよ」

真琴《まこと》が、持《も》っていたタオルで、あたしの涙《なみだ》をぬぐった。

「ちなみに、一弥《かずや》くんを連《つ》れてきてくれたのは、桜庭《さくらば》くんだからね。お礼《れい》、言《い》いなさいよ」

「桜庭《さくらば》くんも、ありがとぉ～～～」

「ふはっ、本当《ほんとう》に泣《な》きすぎだよ」

桜庭《さくらば》くんが噴《ふ》き出《だ》した。

「かわいい顔《かお》が台無《だいな》しだよ」

そう言《い》った桜庭《さくらば》くんの横《よこ》で、一弥《かずや》が顔《かお》をしかめた。

「てめっ、かるがるしくそんなセリフ言《い》うな」

「思《おも》ったことを言《い》ったまでだよ」

「だいたい、桜庭《さくらば》！　おまえがな――」

「はいはい、ケンカはあとでね。小夜《さよ》、アオイに言《い》うことあるんでしょ」

「はい」

小夜《さよ》があたしから少《すこ》し離《はな》れて、息《いき》を吐《つ》いた。

「アオイちゃんのことだから、絶対気《ぜったいき》づいてくれるって信《しん》じてました。もし、今朝《けさ》になっても、まだ目《め》をつぶって暴走《ぼうそう》しているようなら、今度《こんど》こそイケカジ部《ぶ》を解散《かいさん》しようって……目《め》が覚《さ》めてくれてよかったです。昨日《きのう》は言《い》いすぎました。ごめんなさい！」

「ううん、小夜《さよ》の言《い》うとおりだったから！」

「あーよかったですぅ、アオイちゃん！」

今度《こんど》は、小夜《さよ》があたしに抱《だ》きついてきた。

ギュッと抱《だ》きしめ合《あ》うあたしたち。

「で、せんぱーい」

レオくんとレナちゃんが、ヒョコッと顔《かお》を出《だ》す。

「本番《ほんばん》、どうすんの？」

文化祭《ぶんかさい》が始《はじ》まった。
外《そと》はもう、にぎやかな生徒《せいと》たちで溢《あふ》れかえっている。
部室《ぶしつ》で、ぶっつけ本番《ほんばん》の流《なが》れを話《はな》し合《あ》うあたしたち。
なんたって、昨日《きのう》、リハーサルできてないからね。
あたし、みんなにむきなおった。
「あたし、やっぱりモデルの夢《ゆめ》、あきらめないことに……決《き》めましたっ」
そう、宣言《せんげん》する。
言《い》った。
言《い》っちゃったよ。
ちっちゃいころから、言《い》いつづけてきたけど、改《あらた》めて、足《あし》が震《ふる》える。
不安《ふあん》と、でも、止《と》められない、熱《あつ》い気持《きも》ちが、胸《むね》に湧《わ》きあがってきて。
「わかってたよ」
みんなが、微笑《ほほえ》み返《かえ》してくれて、震《ふる》えが止《と》まった。

「――と言《い》っても、今日《きょう》のショーは、今《いま》さらムリだから、裏方《うらかた》やるよ！　けど、いつかはきっとランウェイを歩《ある》くから！」

絶対《ぜったい》。

今度《こんど》はあきらめない！

あたしの意気込《いきご》みを聞《き》いた真琴《まこと》が、首《くび》をかしげた。

「今日《きょう》、やればいいじゃん。私《わたし》の服着《ふくき》て出《で》なよ」

「え？　真琴《まこと》……」

「身長同《しんちょうおな》じだし、着《き》られるでしょ？」

「で、でも、せっかく……」

ショーに出《で》られるっていううれしさと、真琴《まこと》のために作《つく》ってきた服《ふく》なのにっていう気持《きも》ちが、あたしの中《なか》で、ないまぜになる。

「もともと私《わたし》は、モデルなんて柄《がら》じゃないから助《たす》かるよ」

なんて言《い》う真琴《まこと》。

ええ。

うれしいけど、なんていうか複雑《ふくざつ》だよーっ！

どうしよう、どうしよう。

受《う》けていいのかな。

うれしいんだけど、いいのかな。

おもいっきり感情《かんじょう》が顔《かお》に出《で》ていたのか、しのぶちゃんが微笑《ほほえ》んだ。

「……真琴《まこと》さんなら、きっとそう言《い》うと、ぼくも思《おも》ってました。いいと思《おも》いますよ。実《じつ》は2着仕《ちゃくし》上《あ》げてある服《ふく》もあるので、それだけは、ペアで真琴《まこと》さんも出《で》ればいいんじゃないでしょうか」

「ええええ？　もうしのぶちゃん、やっぱり私《わたし》も、出《で》なきゃダメなの!?」

「ぼくが見《み》たいんです、真琴《まこと》さん。ぼくが考《かんが》えた服《ふく》を着《き》たところ……ダメですか」

と、微笑《ほほえ》むしのぶちゃんに、真琴《まこと》がほんのり赤《あか》くなる。

「ええ……っと……まぁ、1着《ちゃく》くらいなら、いいか」

いい雰囲気《ふんいき》。

あれ？

って、ことは？

「じゃあ、その1着以外《ちゃくいがい》の服《ふく》はアオイが着《き》てショーに出《で》るってことで。よろしくね」

「え？　え？　いいの？　本当《ほんとう》に!?」

「いいって言《い》ってるじゃん。だれか、異論《いろん》ある人《ひと》いる？」

真琴《まこと》が全員《ぜんいん》の顔《かお》を見《み》まわした。

みんなが首《くび》を横《よこ》に振《ふ》る。

「ほら、あんたでいいってさ」

「本当《ほんとう》に？　みんな、いいの？」

あたし、うれしくて再確認《さいかくにん》しちゃう。

「こうなる予感《よかん》は、してましたからぁ」

なんて言《い》う小夜《さよ》。

「オレは、アオイちゃんのモデル姿《すがた》が見《み》られてうれしいよ！」

「レオは、アオイ先輩《せんぱい》しか見《み》てないしねっ」

「レナだって、読《どく》モのアオイちゃんが見《み》られるって喜《よろこ》んでただろ！」

と、レナレオは小競《こぜ》り合《あ》い。

「田口《たぐち》さんがいいって言《い》ってるんだし、いいんじゃないかな」

桜庭《さくらば》くんがふんわり笑《わら》って言《い》う。

その横《よこ》で、一弥《かずや》が口《くち》を開《ひら》いた。

「素直《すなお》に喜《よろこ》べよ、アオイ」

「う、うんっ！」

モデルとして、ショーに出《で》られるんだっ！

うれしいなっ！

あ、でも……。

「照明《しょうめい》、どうしよう。あたしがやるはずだったのに……」

「こんなこともあろうかと、照明《しょうめい》は平田《ひらた》くんにたのんでおきましたー」

と、してやったり顔《がお》のしのぶちゃん。

「えっ、ふわふわくんに!?」

「じゃあ、カメラマンは一弥《かずや》くんだね！」

真琴《まこと》が微笑《ほほえ》む。

一弥《かずや》は、照《て》れくさそうに笑《わら》っていた。

16 いざ、ランウェイ！

本番《ほんばん》。

演劇部《えんげきぶ》のおかげで、ランウェイはでき上《あ》がっている。

舞台横《ぶたいよこ》で、ハンガーラックにかかった服《ふく》を、最終《さいしゅう》チェックしているしのぶちゃん。

「よし、大丈夫《だいじょうぶ》。全部《ぜんぶ》、キレイに縫《ぬ》えてます。アオイちゃんががんばったおかげですね」

「みんなのおかげだよ」

あたしは、しのぶちゃんと話《はな》しながら、みんなのメイクに大忙《おおいそが》し。

「レナちゃん、こっちむいて。うん、そのまま」

「先輩《せんぱい》、ちょっと濃《こ》くないですか～？」

「照明《しょうめい》に負《ま》けちゃうから、このくらいでいいの」

「そんなもんですか～……」

「よし、レナちゃんは終《お》わりっ！　次《つぎ》、真琴《まこと》きてー」

真琴《まこと》が、しぶしぶやってくる。

「1着《ちゃく》だけなのに？」

「でも、メイクはしようよ」

「恥《は》ずかしいなぁ……陸上部《りくじょうぶ》のみんなも見《み》に来《く》るんだよねぇ」

「じゃあ、よけいにかわいくならないと！」

「だから、恥《は》ずかしいんだってば！」

「いいから、口閉《くちと》じて」

真琴《まこと》のメイクをしていくあたし。

下地《したじ》で毛穴《けあな》を消《け》してっと。

パウダーファンデーションを取《と》って、顔《かお》の中心《ちゅうしん》から外側《そとがわ》へと滑《すべ》らせるようにつけていく。

うん、肌《はだ》がキレイに見《み》えるっ！

今回《こんかい》は濃《こ》いめでいきたいから、眉毛《まゆげ》はペンシルで元《もと》の形《かたち》をなぞって。

チークは派手目《はでめ》のピンクを、ほお骨《ぼね》の一番高《いちばんたか》いところからこめかみにそって、ふんわりと。

アイメイクは、ピンク系《けい》のグラデーションにして、濃《こ》い太《ふと》めの黒《くろ》いアイライナーを入《い》れた。

「真琴《まこと》……ありがとね」

「なにが？」

「色々《いろいろ》」

「なによ、それ」

真琴《まこと》が笑《わら》う。

「あ、笑《わら》っちゃダメ」

真剣《しんけん》にメイクしてるのに。

って、話《はな》しかけたあたしがいけないのか。

「よし、完成《かんせい》っ！」

「アオイ、これ、相当濃《そうとうこ》いよ」

「これでいいの！　気《き》にならないよ、お客《きゃく》さん遠《とお》いし」

そこへ、メガネ先輩《せんぱい》がやってくる。

「なによ、今日《きょう》はいつもの調子《ちょうし》じゃない。最近《さいきん》、へんにおとなしくしてたから、調子《ちょうし》がくるってたのよね」

それを聞《き》いた真琴《まこと》が口《くち》を開《ひら》く。

「それって、心配《しんぱい》してたって――」

「な、な、なに言《い》ってるの⁉　べ、別《べつ》に心配《しんぱい》なんかしてないんだからっ！　それより、イケカジ部《ぶ》、リハ出《で》てないけど大丈夫《だいじょうぶ》なの？　まったく、文化祭《ぶんかさい》は他《ほか》の学校《がっこう》も見《み》に来《き》てるのに、しっかりしてもらわないと――」

「結縄先輩《ゆいなわせんぱい》、時間《じかん》なんじゃないんですか？」

しのぶちゃんが、メガネ先輩《せんぱい》の説教《せっきょう》を止《と》めてくれた。

「そ、そうよ！　もうすぐだけど、いい？」

「はい、よろしくお願《ねが》いします」

「BGMは、もらったCD流《なが》せばいいのね？」

CDは、しのぶちゃんが選曲《せんきょく》してくれたものだ。

分《わ》かりやすく2分間隔《ふんかんかく》で、曲調《きょくちょう》が変《か》わるようになっている。

「それでお願《ねが》いします」

「ナレーションは、このプリント通《どお》りに読《よ》めばいいのね？」

「はいっ！　ご協力《きょうりょく》ありがとうございます！」

そう、音響《おんきょう》とナレーション、メガネ先輩《せんぱい》がやってくれることになったんだ！

「じゃあ、しっかりやりなさいよ」

そう言《い》うと、メガネ先輩《せんぱい》は舞台袖《ぶたいそで》へと消《き》えていった。

やがて、アナウンスが始《はじ》まる。

「次《つぎ》は、イケカジ部《ぶ》によるファッションショーです。自分《じぶん》たちでリメイクした衣装《いしょう》を着《き》てランウエイを歩《ある》きます。お楽《たの》しみください」

わぁぁぁぁと拍手喝采《はくしゅかっさい》が起《お》きる。

最初《さいしょ》に舞台《ぶたい》に飛《と》びだしたのは、双子《ふたご》であることを生《い》かしたペアルックのレナレオだ。

左右《さゆう》から出《で》て、中央《ちゅうおう》で合流《ごうりゅう》。

そこから、客席《きゃくせき》にのびるランウェイをゆっくりと歩《ある》く。

ポージングは、好《す》きなようにやっていいと指示《しじ》を出《だ》した。

目立《めだ》つことが大好《だいす》きな2人《ふたり》だから、2分《ふん》かけて、ゆっくりと服《ふく》を見《み》せるようにして歩《ある》いている。

見《み》ているあたしは、ワクワクしてきた。

次《つぎ》は桜庭《さくらば》くん。その次《つぎ》があたしだ。

「楽《たの》しそうだね、立川《たちかわ》さん」

うしろから桜庭《さくらば》くんに声《こえ》をかけられる。

「うん！」

「僕《ぼく》はダメだ……緊張《きんちょう》して……」

「桜庭《さくらば》くんでも、緊張《きんちょう》とかあるの!?」

「あるよ。あぁ……そろそろ出番《でばん》だ……」

1人《ひとり》のときは、中央《ちゅうおう》から出《で》る。

桜庭《さくらば》くん、本当《ほんとう》に緊張《きんちょう》しているみたい。

ちょっとぎこちない。

それでも、途中《とちゅう》からキモがすわったのか、けっこう決《き》まったポージングをしていた。

もともと、桜庭《さくらば》くんは、頭《あたま》が小《ちい》さくて、手足《てあし》が長《なが》いから、それだけでかっこいいんだよね……って。

「アオイちゃん、覗《のぞ》き見《み》している場合《ばあい》じゃないですよ！」

しのぶちゃんに叱《しか》られてしまう。

「そろそろ出番《でばん》なんですから！」

「う、うん！」

あたしが着《き》ているのは、デニムのシャツを胸元《むなもと》で縛《しば》ったものにロングスカート。ロングスカートがリメイクした作品《さくひん》なんだよね。

だから意識《いしき》して「魅《み》せる」のは、スカートのほう。
中央《ちゅうおう》から出《で》る。
照明《しょうめい》がパッと当《あ》たる。
まぶしいけど、顔《かお》はしかめない。
笑顔《えがお》で、ゆっくりとランウェイの先《さき》にむかって歩《ある》いていく。
気持《きも》ち良《よ》かった。気分《きぶん》が高揚《こうよう》していく。
先端《せんたん》について、クルッと一回《ひとまわ》り。スカートがフワッと広《ひろ》がる。
客席《きゃくせき》がワッと沸《わ》いた。
その中《なか》には、パパもいたし、シークレットの社長《しゃちょう》さんと麻央《まお》さんもいた。
暗《くら》がりでも顔《かお》がしっかり見《み》える。
1人1人《ひとりひとり》に見《み》えるように、スカートを広《ひろ》げて見《み》せる。
ひとつひとつのポージングをしっかりやっていく。
小夜《さよ》の照明《しょうめい》がチカッと点滅《てんめつ》した。
もどれ、の合図《あいず》だった。
(やばっ……!)

ゆっくりやりすぎた……!?

それでもあわてずに、ランウェイを悠々《ゆうゆう》ともどっていく。

舞台横《ぶたいよこ》に入《はい》る。

気分《きぶん》は高揚《こうよう》したままだった。

「アオイちゃん、すごかったです！」

しのぶちゃんが、次《つぎ》の着替《きが》えをわたしながら言《い》った。

「そこだけ時間《じかん》が止《と》まったみたいに、服《ふく》が輝《かがや》いて見《み》えました！　やっぱり、モデル、あきらめないほうがいいですよ！」

「本当《ほんとう》にそう思《おも》う!?」

「そうだよ。アオイって、やっぱすごいんだなって思《おも》ったわ」

真琴《まこと》も口《くち》をそろえて言《い》う。

「がんばりなよ。応援《おうえん》するから」

「うんっ！」

そんな話《はなし》をしているうちに、ショーはどんどん進《すす》んでいく。

リメイクした服《ふく》たちが、次々《つぎつぎ》と拍手《はくしゅ》を浴《あ》びてもどって来《く》る。

真琴《まこと》とペアでランウェイを歩《ある》き、真琴《まこと》に合《あ》わせていっしょにポージングをしていく。

まるで双子《ふたご》ルックのように見《み》せていくのもお手《て》の物《もの》だ。

「あ〜、緊張《きんちょう》したぁ……」

と、もどってきて言《い》う真琴《まこと》の横《よこ》で、すぐに着替《きが》えを始《はじ》めるあたし。

次《つぎ》でラストだ。

「これは、ほぼすべて、ぼくがイチからデザインして、縫《ぬ》いあげたものです」

と豪語《ごうご》するしのぶちゃん。

「ぼくの今《いま》の最高傑作《さいこうけっさく》です！　存分《ぞんぶん》に見《み》せてきてください！」

「分《わ》かった！」

着替《きが》えを終《お》えたあたしを見《み》て、仕切《しき》りから顔《かお》を出《だ》した桜庭《さくらば》くんが頬《ほほ》を染《そ》める。

「いっしょに歩《ある》くのが僕《ぼく》でいいのかな……」

「桜庭《さくらば》くんしかいないでしょ」

「そ、そういうことじゃなくって……」

「ほら、レナレオがもどってくるっ！　いくよっ！」

「あぁ、もう……」

桜庭《さくらば》くんの腕《うで》を取《と》り、レナレオと入《い》れ替《か》わるように中央《ちゅうおう》に進《すす》み出《で》る。

ひときわ会場《かいじょう》が沸《わ》いた。

BGMがチャペルの音楽《おんがく》に変《か》わる。

そう。

あたしと桜庭《さくらば》くんは、ウェディング姿《すがた》なのだ！

ヴァージンロードを歩《ある》くように、ゆっくりとランウェイを歩《ある》いていく。

客席《きゃくせき》を見《み》た。

さっきまでカメラをかまえて写真《しゃしん》を撮《と》っていた一弥《かずや》が、あっけにとられて口《くち》をあんぐりさせている。

見《み》とれてるのかな。

すごいもんね、このドレス。

誓《ちか》いのキス……はできないから、客席《きゃくせき》に魅《み》せるように、2人《ふたり》で合《あ》わせてポージングしていく。

時間《じかん》が来《き》た。

ゆっくりと2人《ふたり》でもどっていく。

ええい、最後《さいご》だっ！

ランウェイの上《うえ》から手《て》を振《ふ》った。

客席《きゃくせき》から喝采《かっさい》が飛《と》んでくる。

舞台横《ぶたいよこ》にもどっても、拍手喝采《はくしゅかっさい》は鳴《な》り止《や》まない。

「アンコールッ！　アンコールッ！」

の声《こえ》が聞《き》こえてくる。

「ええっ!?　もう着替《きが》えちゃいましたよ～」

制服姿《せいふくすがた》のレナレオと真琴《まこと》。

「僕《ぼく》も、もうムリかも……足《あし》がよろめきそう」

と桜庭《さくらば》くん。

「立川《たちかわ》さん、1人《ひとり》で行《い》ってきなよ」

「でも、予定時間《よていじかん》いっぱいじゃ……」

「いいんじゃない？　客席《きゃくせき》がこのテンションなのに、演劇部《えんげきぶ》も芝居《しばい》を始《はじ》められないでしょ」

なんて言《い》う真琴《まこと》。

そ、そっか。

「アオイ、行《い》ってきな！」

ありがと。

本当《ほんとう》はあたし、もう1回《かい》、このドレス着《き》て舞台《ぶたい》を歩《ある》きたかったんだ！

「よっし、行《い》ってくるっ！」

舞台《ぶたい》にむかって、一歩《いっぽ》を踏《ふ》み出《だ》すあたし。

小夜《さよ》も、ふわふわくんも、あたしの行動《こうどう》を見透《みす》かしていたのか、照明《しょうめい》がパッと当《あ》たる。

気分《きぶん》は高揚《こうよう》したままだ。

BGMは止《と》まってしまったけれど、拍手《はくしゅ》とアンコールの声《こえ》の中《なか》をゆっくりと歩《ある》いていく。

「きゃーっ！」

「アオイちゃん、きたー！」

お客《きゃく》さんの声《こえ》が聞《き》こえる。

客席《きゃくせき》のパパが、うれしそうな顔《かお》をしているのが見《み》えた。

シークレットの社長《しゃちょう》が満足《まんぞく》そうな顔《かお》をしているのも見《み》えた。

一番《いちばん》うしろのほうで、ひときわ背《せ》の高《たか》い市村《いちむら》くんが、焼《や》きそば屋《や》のかっこうで、大《おお》きく手《て》をふっている。

「立川《たちかわ》さん、やっぱ、最高《さいこう》――――っ！」

それから。

一弥《かずや》が写真《しゃしん》を撮《と》っているのも見《み》えた。

カメラを外《はず》して、顔《かお》を上《あ》げた一弥《かずや》と、目《め》が合《あ》った。

同時《どうじ》に微笑《ほほえ》む。

（あたし、やっぱりモデルやりたい！）

ショーが終《お》わっても、まだドレスを脱《ぬ》ぎたくなくて。

講堂《こうどう》の外《そと》で、衣装《いしょう》のままでいたあたしのもとに、パパがやってきた。

「パパッ！」

そのうしろに、シークレットの社長《しゃちょう》と麻央《まお》さんがいるのが見《み》えて、あたしはサッと背《せ》すじを伸《の》ばした。

言《い》うなら、今《いま》だ。

今《いま》しかないっ！

「パパ、お願《ねが》いします。いつか始《はじ》めるとか、ムリ。やっぱり、あきらめたくない。身長《しんちょう》が伸《の》びなくても、やってみたい。お願《ねが》いします。どんなことでもするから、シークレットと契約《けいやく》させてください！」

顔《かお》を上《あ》げる。

「アオイ……」

「パパ、お願《ねが》い！」

パパは、あたしの顔《かお》を見《み》て。

それから、シークレットの社長《しゃちょう》を見《み》た。

あたしも、社長《しゃちょう》のほうに目《め》をやる。

「御子柴《みこしば》さん……いいえ、社長《しゃちょう》。お願《ねが》いします。今《いま》まで、あたしの中《なか》に、生《う》まれ持《も》った外見《がいけん》や、ママが世界的《せかいてき》なモデルだったことで甘《あま》えがあったこととか、努力《どりょく》もハンパだったことはわかってます。特別《とくべつ》あつかいはいらないので、やらせて欲《ほ》しいんです！」

言《い》えた！

ちゃんと言《い》えた……はず！

そのとき、パパがあたしの横《よこ》に並《なら》んだ。

「娘《むすめ》もこう言《い》ってますし、もう僕《ぼく》も反対《はんたい》しません。お願《ねが》いできますか」

「……！」

頭《あたま》を下《さ》げるパパを見《み》てから、あたしももう一度《いちど》頭《あたま》を下《さ》げた。

パン、パン！

社長《しゃちょう》が手《て》をたたく。

「願《ねが》ったり叶《かな》ったりですわ！　アオイちゃん」

「はい」

呼《よ》ばれて、あたし、顔《かお》を上《あ》げた。

社長《しゃちょう》が、微笑《ほほえ》んでいる。

「厳《きび》しくても音《ね》を上《あ》げないでね？」

「はいっ！」

こうして、あたしの事務所契約《じむしょけいやく》が決《き》まった。

17 夢《ゆめ》を叶《かな》えるために

そばで話《はなし》を聞《き》いていたイケカジ部《ぶ》のみんなが、ワッと集《あつ》まってきた。

「アオイちゃん、芸能人《げいのうじん》かぁ～……今《いま》のうちにサインとかもらっちゃおうかな！」

レオくんがニコニコしながら言《い》う。

「オレ、ファンクラブ1番《ばん》になるんだからね！」

その横《よこ》で、レナちゃんが心底心配《しんそこしんぱい》そうな顔《かお》で口《くち》を開《ひら》いた。

「ていうか、アオイ先輩《せんぱい》が芸能界《げいのうかい》とイケカジ部《ぶ》の両立《りょうりつ》なんて、できるんですか～？」

「ばっか、アオイちゃんならできるだろ！」

「できなそうだから、聞《き》いたんでしょっ」

レナレオの間《あいだ》に小夜《さよ》が入《はい》る。

「先輩《せんぱい》にむかって失礼《しつれい》ですよぉ、レナちゃん」

そう言《い》われて、レナちゃんがそっぽをむいた。

レナちゃんに小夜《さよ》が諭《さと》すように言《い》う。

「……そういうことは、思《おも》ってても口《くち》にしないのが礼儀《れいぎ》です」

「あっ、ほら、小夜《さよ》先輩《せんぱい》も思《おも》ってるんじゃないですか〜」

「――そんなアオイちゃんを支《ささ》えるのが、小夜《さよ》ですから」

きっぱり言《い》って、小夜《さよ》があたしのほうをむいた。

「おめでとうございますぅ！　やっぱり、アオイちゃんは突《つ》き進《すす》んでるほうが、アオイちゃんらしいです」

「ありがとう、小夜《さよ》。小夜《さよ》のおかげだよ」

「いいえ、気《き》づいたアオイちゃん自身《じしん》がすごいんですよ」

その横《よこ》で、真琴《まこと》が大《おお》きく伸《の》びをした。

「私《わたし》も、アオイに負《ま》けないようにがんばらないとね！」

「真琴《まこと》さんは、これ以上《いじょう》がんばらないほうが……」

と、しのぶちゃんが横《よこ》で心配《しんぱい》をしている。

そうだよね。

真琴《まこと》はがんばり屋《や》さんだから、これ以上《いじょう》がんばると壊《こわ》れちゃいそうで心配《しんぱい》になっちゃうよね。

「アオイちゃんにつづいて、ぼくも服飾《ふくしょく》の道《みち》を堂々《どうどう》と歩《ある》けるよう、がんばりますね！」

「うん、応援《おうえん》してる！」

そのとき、ポンと肩《かた》をたたかれる。

ふりむくと、そこにいたのは桜庭《さくらば》くんだった。

「良《よ》かったね、認《みと》めてもらえて」

「うん。桜庭《さくらば》くんにも、いっぱい迷惑《めいわく》かけちゃって……」

「いや、僕《ぼく》のほうこそ、勘《かん》ちがいさせちゃったみたいで……ごめん」

桜庭《さくらば》くんが頭《あたま》を下《さ》げる。

ワーッ、やめてやめて。

勘《かん》ちがいした、あたしがいけないんだからっ！

「あたしがいけないんだよーっ！」

思《おも》い出《だ》しただけで泣《な》きたくなる。

そんなあたしの前《まえ》で、桜庭《さくらば》くんは頰《ほほ》を赤《あか》く染《そ》めながら言《い》った。

「でも、誤解《ごかい》ってだけじゃないんだけどね」

「……えっ」

「僕《ぼく》がそばにいて欲《ほ》しいって思《おも》ってるのは……夢《ゆめ》を追《お》いかけてる立川《たちかわ》さんなんだ。僕《ぼく》の夢《ゆめ》に寄《よ》り添《そ》ってほしいんじゃなくって……僕《ぼく》が立川《たちかわ》さんの夢《ゆめ》に寄《よ》り添《そ》いたいって……そう言《い》いたかったんだよ」

「そ、そうだったの？」

なるほどね……。

そりゃ、勘《かん》ちがいしたあたしがいけなかったんじゃん。

「立川《たちかわ》さんに、おいしいものを食《た》べさせたい。君《きみ》の笑顔《えがお》が見《み》たい。それが僕《ぼく》の力《ちから》になるんだ」

う、うれしいっ！

「だから……」

桜庭《さくらば》くんが、さらになにかを言《い》いかけた、そのとき。

「アオイ！」

声《こえ》がして、ふりむくと、一弥《かずや》が駆《か》け寄《よ》ってくるところだった。

「アオイ、良《よ》かったぜ！」

雰囲気《ふんいき》で、どうやらあたしがパパを説得《せっとく》したのが分《わ》かったみたい。

「一弥《かずや》……本当《ほんとう》にごめんね！」

もう、何回謝《なんかいあやま》っても謝《あやま》りきれないよっ！

一弥《かずや》には、迷惑《めいわく》かけっぱなし。

落《お》ち込《こ》ませっぱなし。

本当《ほんとう》は顔《かお》なんか合《あ》わせられないくらいなんだよ〜〜〜〜〜っ！

複雑《ふくざつ》な顔《かお》をしていたあたしの頭《あたま》を、こづく一弥《かずや》。

「アオイ、ちょっと目《め》ェ閉《と》じてみな」

「えっ」

「いーから！」

あわてて目《め》を閉《と》じると、なにかが首《くび》に回《まわ》される気配《けはい》があって。

「もういいぞ」

目《め》を開《あ》けてみると……あたしの首《くび》にかかっていたのは……あの片翼《かたよく》のネックレスだった。

「えっ、これって……！」

あたし、ジュエリーボックスの中《なか》にしまいっぱなしにしてたのに。どうして？

「そんなことだろーと思《おも》って、朔太郎《さくたろう》さんにたのんで、持《も》ってきてもらったんだよ」

と一弥《かずや》が得意《とくい》そうに笑《わら》う。

幼《おさな》なじみだもんね。ぜんぶ、お見通《みとお》しってわけ。

「……思《おも》ったとおり。似合《にあ》うぜ、すごく」

言《い》いながら、一弥《かずや》の指《ゆび》が、そっとネックレスに触《ふ》れた。

「夢見《ゆめみ》てるおまえは、翼《つばさ》が生《は》えてるみたいなんだ。オレは、そんなおまえのことが……」

一弥《かずや》が言《い》いかけた、そのとき。

ひかえめに腕《うで》を引《ひ》かれて、あたしははっとなる。

見《み》ると、桜庭《さくらば》くんがニコッと笑《わら》った。

「立川《たちかわ》さん、プロのモデルを目指《めざ》すなら、これからは気《き》をつけないとね。パパラッチとかもいるだろうし」

「あ、そっか」

桜庭《さくらば》くん、こういう細《こま》かいところに気《き》を配《くば》れるんだ！

そうだよね。

気《き》をつけようっ！　プロになりたいんだもんっ！

「おまえ、桜庭《さくらば》っ！　そもそもおまえが、よけいなことをっ」

一弥《かずや》が桜庭《さくらば》くんに牙《きば》を剝《む》く。

「今度《こんど》こそ、立川《たちかわ》さんにちゃんと伝《つた》えたから」

「はぁ？」

「僕《ぼく》の気持《きも》ちだよ」

「オレだって、アオイに言《い》ったし！」

「そっちははっきり断《ことわ》られたでしょ」

「なんだとっ！」

「立川《たちかわ》さんは1回《かい》、僕《ぼく》を選《えら》んでるからね」

「うるせーな、勘《かん》ちがいだろ！」

2人《ふたり》がなんだかケンカしてる。

ケンカするほど仲《なか》が良《い》いってことだよね。

なんだかんだ言《い》って、息《いき》が合《あ》ってるし。

「よーし、これからがんばるぞ〜〜〜〜っ！」

あたし、最高《さいこう》の気分《きぶん》のまま、ドレス姿《すがた》で走《はし》り出《だ》した。

未来《みらい》にむかって、全力《ぜんりょく》で。

おわり

Dear《ディア》　イケカジ読者《どくしゃ》さま

お久《ひさ》しぶりです。

川崎美羽《かわさきみう》ですよっ！

『イケカジなぼくら』を書《か》いて、もう4年《ねん》の月日《つきひ》が経《た》ちました。企画《きかく》や書《か》き始《はじ》めをふくめると、4年半《ねんはん》くらいかかってるかも……。

それくらいの時間《じかん》をイケカジのメンバーと過《す》ごしてきました。

この巻《かん》で、イケカジのメンバーたちとはお別《わか》れです。

さびしい気《き》もしますが、彼女《かのじょ》たちなら自分《じぶん》たちの力《ちから》で羽《は》ばたいていってくれるでしょう。

この4年間《ねんかん》で約《やく》500通《つう》のファンレターをいただきました。HP《ホームページ》に書《か》き込《こ》まれたコメントも全部読《ぜんぶよ》みました。

アオイの めざせ、ステキ女子《じょし》☆講座《こうざ》

☆みんなでパーティー♪ ミルクレープ

【材料《ざいりょう》（生地《きじ》）】小麦粉《こむぎこ》200g／砂糖《さとう》30g／卵《たまご》2個《こ》／卵黄《らんおう》1個《こ》／バター30g／牛乳《ぎゅうにゅう》500ml
【材料《ざいりょう》（はさむもの）】生《なま》クリーム200ml／砂糖《さとう》15g／好《す》きなフルーツ適量《てきりょう》

①小麦粉《こむぎこ》はふるいにかけておく。卵《たまご》2個《こ》と卵黄《らんおう》1個分《こぶん》は混《ま》ぜておく。牛乳《ぎゅうにゅう》は人肌《ひとはだ》に温《あたた》める。バターは溶《と》かしておく。フルーツは薄切《うすぎ》りにしておく。

②生《なま》クリームを冷《ひ》やしながら混《ま》ぜ、少《すこ》しかたくなったところで砂糖《さとう》を入《い》れ、さらに混《ま》ぜます。角《つの》が立《た》ったらクリームが完成《かんせい》。ラップをかけて冷蔵庫《れいぞうこ》に入《い》れておこう。

そのすべてが、私《わたし》が書《か》く上《うえ》での糧《かて》になっていました。

応援《おうえん》してくれていた読者《どくしゃ》のみんなに、ほんっとーに感《かん》謝《しゃ》しています。たくさんのありがとうを伝《つた》えたいです。

最後《さいご》に、簡単《かんたん》に作《つく》れるミルクレープの作《つく》り方《かた》を載《の》せたので、ぜひ、作《つく》ってみて下《くだ》さい。


それと、最後《さいご》までいっしょにがんばってくれたａｎ《あん》先《せん》生《せい》と編集担当《へんしゅうたんとう》さんの青山《あおやま》さんと鈴木《すずき》さんにも。ありがとうございました！

少《すこ》し待《ま》たせてしまうかもしれないけど、次《つぎ》のシリーズも必《かなら》ず、つばさ文庫《ぶんこ》にもどってくるので待《ま》ってて下《くだ》さい。

今《いま》まで本当《ほんとう》にありがとうございました！

感想《かんそう》のお手紙《てがみ》は今《いま》まで通《どお》りに受《う》けつけますので、遠慮《えんりょ》なくドシドシ送《おく》ってくださいな♪

From《フロム》　川崎《かわさき》　美羽《みう》

③別《べつ》のボウルに、小麦粉《こむぎこ》と砂糖《さとう》を混《ま》ぜあわせたところに、卵液《らんえき》と牛乳《ぎゅうにゅう》の半分《はんぶん》を流《なが》し入《い》れ、泡立《あわだ》て器《き》でだまができないようよく混《ま》ぜてね。
④③に残《のこ》りの牛乳《ぎゅうにゅう》と溶《と》かしバターを入《い》れ、混《ま》ぜます。
⑤④をザルでこしてから冷蔵庫《れいぞうこ》で1時間《じかん》冷《ひ》やすと、焼《や》くときに破《やぶ》れにくくなるよ。
⑥熱《ねっ》したフライパンに、おたま約《やく》1杯分《ばいぶん》くらいの⑤を薄《うす》く広《ひろ》げて弱火《よわび》で焼《や》こう。表面《ひょうめん》がプクプクしてきたら、ひっくり返《かえ》してね。
⑦⑤がなくなるまで、たくさん生地《きじ》を焼《や》こう。
⑧焼《や》き終《お》わったら、クレープ生地《きじ》と生地《きじ》の間《あいだ》に、生《なま》クリームとフルーツを重《かさ》ね上《あ》げて完成《かんせい》！

食べる前に30分ほど
冷やすと切り分けやすいよ

あとがき

イケカジ読者のみなさま、はじめまして！
イラスト担当のanです。

ついに、ついに最終巻…！
はじめての経験でとまどいまくった1巻がなつかしいです。
毎回ぎりぎりで、担当の方にご迷惑《めいわく》をたくさんかけながら
（すみませんでした！）気づけば4年も経《た》っていました。
まだまだ未熟《みじゅく》ものな私ですが、アオイちゃんをはじめ、
にぎやかなイケカジ部やそれをとりまくキャラクターたちを
描くのはとても楽しかったです！

読者のみんなより先に読めちゃうわけなんだけども、
どうなっちゃうの――!?って、
毎回どきどきわくわくしてました（笑）。

イケカジ部のみんなは、まっすぐ夢を追う子たちばかりで
輝《かがや》いてるよね！　大好きです！
これで終わっちゃうのかぁって思ったら、さびしいような
でも誇《ほこ》らしいような、不思議《ふしぎ》な気分。
それから、ファンレターをくれたみんな、ありがとう！
とてもうれしいよ～！　がんばるパワーになりました！
のろのろと返事を書いているのだけど、まだ時間が
かかりそうなのでこの場を借りてお礼だけでも…！
ありがとう、ありがとう！　あともう少し待っててね。
最後になりましたが、川崎先生、担当さま、
イケカジなぼくらに携《たずき》わったすべての方々、
そして応援《おうえん》してくれた読者のみなさま、
本当にありがとうございました！
またどこかで会えますように…。

角川つばさ文庫

川崎美羽／作
1982年生まれ、横浜在住の水瓶座A型。運命のイタズラで物書きになる。ふわふわしたものやけもけもしたものが好き。著書に『ヴァンパイア大使アンジュ』(角川つばさ文庫)、『小説 映画 聲の形』(KCデラックスラノベ文庫) など。

an ／絵
イラストレーター。本シリーズが児童書デビュー作。誕生日は9月5日。趣味は音楽鑑賞、好きな食べ物はパスタとコーヒー。

角川《かどかわ》つばさ文庫《ぶんこ》　Aか3-18

イケカジなぼくら⑪

夢《ゆめ》と涙《なみだ》のリメイクドレス

作《さく》　川崎美羽《かわさきみう》
絵《え》　an《あん》

2017年5月15日　初版発行

発行者　郡司 聡
発　行　株式会社KADOKAWA
　　　　〒102-8177　東京都千代田区富士見 2-13-3
　　　　電話　0570-002-301(ナビダイヤル)
印　刷　大日本印刷株式会社
製　本　大日本印刷株式会社
装　丁　ムシカゴグラフィクス

ISBN978-4-04-631630-1　C8293　N.D.C.913　191p　18cm

読者のみなさまからのお便りをお待ちしています。下のあて先まで送ってね。
いただいたお便りは、編集部から著者へおわたしいたします。

〒102-8078　東京都千代田区富士見 1-8-19　角川つばさ文庫編集部